KB057560

고양이와 채소수프

고양이와

어느 고기 애호가의 비거니즘에 대하여

이보람

채소수프

3 | 아무도 죽이지 않는 밥상

1 ─ 고양이가 좋아서

초록색이 좋아, 채소만 빼고

20대 초반의 일이다. 홍대였는지 신촌이었는지 정확한 장소는 기억나지 않지만, 상점이 많은 번화한 길을 걷고 있었는데 옆에서 나란히 걷던 친구가 갑자기 픕 웃으며 말했다.

"그거 알아? 너 초록색 물건 보일 때마다 쇼핑한다고 '잠깐만' 하고 멈추는 거?"

그래? 의식한 건 아닌데 내 눈에는 초록색만 보이는 걸 어째. 내 팔자에 흙 '토'는 많은데 나무 '목'이 모자라기 때문에 초록을 가까이해야 한다는 어느 무속인의 말을 듣기 아주 이전부터 나는 초록색이 좋았다. 물건을 사면 다 초록색이요, 쇼핑을 좋아하지도 않는데 길을 걷다가 발걸음을 멈추게 하는 것도 초록색이요, 많지도 않은 옷가지 중에는 초록색 계열이 많았다. 초록색 추리닝에 연두색 잠바를 입고 나갔다가 친구들이 창피하다고 모른 체 떨어져 걸어도 난 초록색 옷을 고수했다.

대학생 때 내가 즐겨 입던 초록색 스웨터가 있었는데 그 스웨터 위에 하얀색 잠바를 입고 학교에 간 날, 캠퍼스에서 마주친 동아리 친구가 "보람아, 너 양쪽 손목에 초록색 테이프 끼고 뛰어다니길래 행사 포스터 붙이러 나온 줄 알았어." 하는 게 아닌가. 양팔 잠바 밖으로 삐져나온 스웨터가 영락없이 초록색 테이프로 보였다. 그렇다, 난 초록색 테이프의 그 초록이 좋다. 시퍼러죽죽한 진녹색 말고, 에메랄드빛 도는 애매한 청록색 말고, 노란기가 섞인 연녹색 말고, 초록색 테이프의 그 쨍한 초록색. 영롱하게 빛나는 소주병 색도 좋고. 현재 운영하고 있는 책방 로고도 초록색이다. 인쇄물을 만들 때마다 좀 밝은 초록이 되거나 좀 진한 초록이 되기도 하지만 내가 좋아하는 그 초록색 맞다.

그렇게 오랜 시간 초록색광으로 살아온 내가 싫어하는 초록색이 딱 하나 있었으니 다름 아닌 채소다. 어렸을 때부터 햄을 주식으로 먹었던 나는 집에서 채소류를 접해본 적이 별로 없다. 채소를 먹으면 하루 종일 식도를 타고 채소 향이 꺽꺽 올라왔다. 상추는 고기를 한입에 먹기 좋게 싸주는 역할을 하는 풀때기였기에 바구니 속 상추 중에서 가장 작은 놈을 고르고 골랐다. 브로콜리는 돈가스를 데코해주는 풀때기였다가 '브로콜리너마저'라는 뮤지션이 나온 후 음악으로 각인되어 있다. 또 무슨 채소가 있더라. 시금치? 고추장이랑 달걀만 넣을 수 없으니 구색을 맞추기 위해 비빔밥에 넣는 풀때기일 뿐, 시금치는 무미무취의 반찬 아닌가.

심지어 김치를 먹을 때도 이파리 부분은 먹지 않았다. 채소보다는 당연 고기, 고기 중에서도 물고기보다 육고기. 내 식성은 평생 변함없이 굳건했다. 나는 철저하게 육식주의자로 컸기 때문이다. 어렸을 때 먹은 아롱사태찜의 부드러운 식감을 지금까지 잊을 수 없고, 소금이나 간장을 찍지 않아도 그 자체로 맛있었던 횡성 한우는 그 소고기 본연의 맛을 사랑한다고 떠벌리고 다녔다. 삼겹살, 목살도 맛있지만 탱글탱글한 항정살을 사랑했다. 그렇다, 고기라면 어느 부위든간에 죄다 좋아한다. 책방 쉬는 날에는 동네 슈퍼에 가서 냉동 삼겹살을 사와 아침부터 구워서 참기름과 고추장에 찍어 먹는 것이 내가 휴식을 취하는 방법이었다. 무얼 찍어 먹든 삼겹살은 맛있었고 나의 기분을 릴랙스 시켜주었다.

초록색을 좋아하지만 초록 풀때기를 싫어하는 내가 채식인이 되겠다고 결심하게 된 건 순전히 고양이 때문이다. 고양이가 좋아서 동물이 먹기 불편해졌다고 간단하게 답할 수도 있지만 좀 더 자세하고 정확하게 설명하기 위해서는 시간을 거슬러 올라가 하악이 이야기부터 시작해야 한다. 책방에 밥을 먹으러 오던 길고양이에서 나의 첫 번째 고양이 가족이 되어준 하악이.

고양이 가족을 소개합니다

고양이를 싫어하지 않았지만 특별히 좋아하지도 않았다. 내 삶의 반경에는 고양이란 생명체가 없었다. 내가 반려동물과 같이 살게 되리라고는 전혀 예상하지 못한 일이었다, 책방이 연남동으로 이사하기 전까지는. 나의 연남동 책방은 다른 그림책 책방과 벽 하나를 두고 나란히 붙어 있었다. 옆 책방 사장님이 고양이를 좋아해서 책방 앞에는 길고양이 급식소가 설치되어 있었고 동네 길고양이들이 이곳으로 밥을 먹으러 왔는데, 그 모습을 자주 보다보니 고양이에 대해 아무 관심이 없던 나에게도 한 마리씩 눈에 익는 고양이가 생겼다. 고양이는 볼수록 매력적인 생명체여서 길고양이 덕에 지루한 책방 일상을 견딘 날도 많았다.

책방에 밥을 먹으러 오는 길고양이 중 하나였던 하악이는 구내염이 심한 아이였다. 그루밍을 하지 못해 털이 덕지덕지 뭉쳐 있고 항상 입에서 운동화 끈처럼 굵은 침을 흘리고 있던 까만 얼룩의 작고 못생긴 고양이. 밥을 먹을 때는 잘 씹지를 못해서 앞발 두 개를 들고 보는 사람이 안타까울 정도로 진저리를 치며 겨우 사료를 삼켰다. 처음에 봤을 때는 고양이 감기인 헤르페스(허피스) 증상이 있었는지 눈 한쪽도 반밖에 뜨지 못했다. 꼬리도 끝이 말려서 뭉툭했고. 몸집도 작은 녀석이라 하나도 위협적이지 않았지만, 사람이 다가가면 "하악" 하악질을 해서 하악이라고 부르게 되었다. 지나가던 행인들도 관심을 갖고 길고양이 급식소를 들여다봤는데 하악이의 몰골과 하악질에 놀라 바로 멀어지곤 했다.

　그러다가 이웃의 민원으로 길고양이 급식소를 한동안 운영하지 못하게 됐다. 매일 저녁 7시 즈음이면 나타나서 밥을 먹고 가던 하악이 녀석이 책방 앞에 밥이 없자 쓸쓸히 돌아가는 모습을 보게 되었다. 시간이 지나도 그 쓸쓸한 뒷모습을 머릿속에서 떨쳐낼 수가 없었다. 저 아이가 어디서 밥을 먹을 수 있을지, 아픈 저 몸으로 사람 많은 이 골목에서 제대로 다닐 수나 있을지 너무 걱정이 되기 시작했고, 고양이를 키울 생각이 전혀 없던 나는 다소 충동적으로 하악이의 입양을 결정했다.

결정을 내리자마자 그날 바로 책방 앞으로 온 하악이에게 먹이를 주며 책방 안으로 유인했다. 하악이가 안으로 들어오자마자 문을 닫았다. 갑자기 갇힌 신세가 되자 하악이는 탈출을 시도했지만 금세 포기하고 지쳤는지 밤새 책상 밑에 꼼짝않고 앉아 있었다. 첫날은 나도 옆에서 돗자리를 깔고 누워 같이 뜬눈으로 밤을 샜다.

하악이를 데려오고 한동안은 계속 병원을 다녔다. 구토를 해서 병원에 달려가고, 발치 수술을 해야 해서 또 가고, 중성화를 하고 접종을 하고… 매주 휴무일이면 병원에 다녀왔다. 중간에 발정이 오는 바람에 밤새 우는 하악이를 케이지에 넣고 거리를 떠돌기도 했다. 그러는 사이 우리는 친해졌다. 내 손을 허락하고 곁을 내주고 무릎에 올라와서 잠을 잤다. 이 녀석, 알고 보니 무릎냥이였다. 집고양이가 된 후 하악이라는 이름이 무색하게 한번도 하악질을 한 적이 없다. 너무 순하고 착한 녀석. 땟국물을 벗기니 제법 이쁜 고등어 무늬 고양이였다. 책방에서 3개월을 살다 집으로 데려갔고 밤이 되면 하악이는 늘 내 옆구리에서 잠을 잤다. 우리 집에 고양이가 있다는 사실이 좋았다. 꼬부라진 꼬리, 말라붙은 털, 작은 발과 검은 젤리, 입 밖으로 나와 있던 작은 혀, 이름을 부르면 "엥-" 하고 작게 울던 목소리, 내가 집에 들어가면 어둠 속에서 기지개를 켜며 나오던 모습, 내가 침대에 누우면 우다다 달려와서 침대로 뛰어오르던 모습…. 하악이의 모든 게 좋았다.

집에서 1년 넘게 잘 살았는데 어느 순간부터 다시 침을 흘리고 밥을 잘 먹지 못하더니 급기야 식음을 전폐하다시피 하기에 구내염이 다시 도진 줄 알고 병원에 가봤다. 그때 만성신부전증이라는 의외의 병명을 들었다. 3일간 입원을 했지만 더 이상의 치료가 무의미하다는 판단에 퇴원을 했다. 7일이라는 시한부 판정을 받은 상태였다. 뭘 먹지도, 마시지도 못하는 하악이를 옆에서 지켜보다가 병원에 가서 매일 수액 주사를 맞히는 게 내가 할 수 있는 전부였다.

퇴원 후 4일째 되던 날 하악이는 담요를 덮어줄 때마다 담요에서 힘겹게 빠져나와 자꾸 맨바닥에 드러누

웠다. 어렵게 어렵게 숨을 내쉬는 모습에 오늘이 사랑하는 하악이와의 마지막 밤이 될 거라 예감했다. 하악이 옆에 누워 가만히 아이를 안아주었다. 노래도 불러주고 말도 걸어주고 그러다가 새벽녘에 까무룩 잠이 들었다가 눈을 떴다. 그런데 내 품 속에 있던 하악이가 눈을 뜨고 날 올려다보고 있었다. 마치 내가 눈뜨기만을 계속 기다렸다는 듯이. 나와 눈이 마주치자마자 하악이는 사람처럼 외마디 비명을 질렀고, 그때부터 발작이 시작되었다. 고통스러운 시간이 얼마간 흐르고 하악이는 내 품에서 마지막 숨을 내쉬고 홀로 먼 고양이별로 떠났다. 나는 그 새벽에 동물처럼 울부짖었다. 축 늘어진 하악이를 품에 안고 아침이 밝을 때까지 아이의 몸에 입을 맞췄다. 사랑한다고 고맙다고 미안하다고 수도 없이 말해주었다.

화장터에 가서 하악이를 보내주고, 작은 유골함을 안고 집으로 돌아왔다. 유골함 옆에 하악이 사진을 세우고 양쪽에 좋아하던 간식과 장난감을 놓아주었다. 그날 이후 하악이가 떠난 자리에서 나는 오랜 시간 아파해야 했다. 반기는 이 없는 빈 집에 들어설 때, 유골함을 멍하니 바라볼 때, 하악이가 광합성을 하던 창가가

휑해 보일 때, 침대에 누워서 옆구리에 파고들던 하악이의 온기가 떠오를 때 나는 아팠다. 잘 웃고 잘 떠들고 잘 먹고 그런 하루를 보낸 날에도 집으로 돌아오면 멍해지곤 했다. 하악이가 떠난 집과 시간은 적막함 그 자체였다. 내가 부르면 "엥—" 하고 대답하는 영상을 돌려보고 또 돌려봤다. 하악이와 함께한 시간이 너무 고마웠던 만큼 하악이와의 이별은 시간이 지나도 여전히 슬픔과 아쉬움으로 남아 있다. 하악이를 떠나보낸 적막한 시간을 회상하면 아직도 마음 한 켠이 서늘하다. 책방에 들어서서 내가 두 손으로 허벅지를 치면 맞은편 화장실 하얀 문턱을 넘실 넘어 나에게 달려와 뛰어오르던 하악이의 모습을 어떻게 잊을 수 있을까. 아마 먼 훗날 내가 세상을 떠나는 순간에 좋았던 인생의 장면들을 떠올린다면 그중 하나는 분명 하악이가 달려오던 모습일 것이다.

가족을 잃은 상실감을 채우기 위해 고양이 쉼터에 자원봉사를 다니고 책방 근처에 살고 있는 길고양이에게 밥을 챙겨주었다. 그러다 보니 사람 손길이 필요하거나 길에서 살기 힘든 길고양이를 가족으로 맞이하게 되었고, 나는 어느새 다묘 집사가 되어 있었다. 책방 근처 공사장에서 발견한 임신묘, 그 임신묘와 같이 다니던 6개월령 수컷을 책방으로 데려왔고 임신묘가 책방에서 출산한 새끼 고양이 네 마리 중 한 마리를 같이 키우게 되어 걔네들이 우리 집의 첫째, 둘째, 셋째가 되었다. 세 마리 집사가 되고 1년이 지난 어느 날, 밤새 어미 없이 우렁차게 울어대던 한 달령 새끼 고양이를 데리고 와서 인공수유를 하며 정성을 다해 키운 아이가 우리 집의 넷째가 되었다. 진정한 고양이 집사라면 네 마리 정도는 키워야지, 암.

　그런데 어느 날 정신을 차려 보니 맙소사, 나는 네 마리가 아닌 일곱 마리의 집사가 되어 있었다. 친언니와 나, 집사는 이렇게 둘이고 고양이는 일곱인 대가족. 원래 대가족이 될 생각은 없었고, 이 작은 집에 고양이는 최대 네 마리라고 생각했는데 어쩔 수 없는 구조가 겹치고 겹쳐 대가족을 이루게 되었다. 어쩔 수 없는 구조라 함은… 길에서 갓 태어난 새끼들에게 젖도 주지 못하고 부들부들 떨고 있는 어미 고양이가 있었다. 너무 위급해 어쩔 수 없이 병원에 데려갔다. 영양부족 상태에서 새끼들이 젖을 먹으니 쇼크가 온 거라고 했다. 새끼는 모두 고양이별로 떠났고 어미는 집으로 데리고 왔다. 그 아이가 다섯째다. 새끼를 잃은 슬픔이 큰 건지, 갑작스러운 환경의 변화가 힘든 건지, 본인이 납치를 당했다고 생각하는 건지, 우리 집에 온 지 2년이 다 되어가는데도 아직 집사한테 곁을 내주지 않았다. 바깥 세상이 그리운지 매일 창밖만 하염없이 쳐다보며 산다.

여섯째가 온 사연은 옆집 지붕에 한 달 정도된 새끼 고양이가 걸음마 하듯이 아장아장 걷는 모습을 엄마 미소로 흐뭇하게 보고 있었는데 정말 순식간에 땅바닥으로 '퍽' 소리와 함께 새끼 고양이가 떨어졌다. 병원에 데려가니 다행히 골절은 없었고 곧 의식도 회복하여 병아리 같은 작은 삼색 무늬 고양이를 집에 데려왔다. 문제없이 잘 컸지만 떨어질 때 신경을 다친 건지 뒷다리 힘이 약하고 점프를 잘 못한다. 마지막, 일곱째는 구내염이 너무 심한 길고양이였는데 고양이를 좋아하는 나도 보자마자 흠칫 놀랄 정도로 삐쩍 마르고 몰골이 흉칙했다. 못된 인간을 만나면 재수없다며 돌이라도 맞는 거 아닐까 걱정이 되었다. 아이를 병원에 데려가 치아 전발치를 했다. 이빨이 없는 게 약점인지 여섯째의 텃세가 심해 다른 고양이랑 어울리지 못하고 혼자만 지낸다. 어쩔 수 없는 상황에 구조는 했지만, 순화가 덜 돼서, 몸이 약해서, 이빨이 없어서 입양을 보내기 힘든 상황이 또 겹치고, 그래서 결국 일곱 마리의 집사가 되어 살아가고 있다.

같이 살다보니 일곱 마리가 많지는 않다. 집이 좁을 뿐. 제각각 개성 강한 녀석들이어서 재밌기도 하다. 살 맞닿는 걸 좋아해서 잘 때 꼭 내 가슴 위에 얼굴을 파묻고 잠드는 녀석이 있는가 하면, 반대로 쳐다만 봐도 인상을 쓰며 도망치기 바쁜 녀석이 있고, 내가 청소를 하든 요리를 하든 졸졸 따라다니는 호기심 많은 껌딱지가 있는가 하면, 수시로 짜증 섞인 소리를 내며 손톱으로 집사를 할퀴는 짜증쟁이도 있다. 할퀴어서 팔에 피가 나면 나도 화가 나서 "너 진짜 성격 이상해! 넌 사람으로 태어났으면 왕따 당했어!" 하며 악담을 퍼붓는다. 하지만 그러다가도 꼭 내 옆에 와서 잠자는 모습에 안 예뻐할 수가 없다. 다들 성격만큼 식성도 달라서 밥 한 번 주는 것만도 3o여 분이 걸린다.

그래도 고단한 하루의 끝에, 집 현관문을 열면 눈을 동그랗게 뜨고 나를 쳐다보는 고양이 가족이 있어서 나는 집에 돌아가는 길이 언제나 행복하다. 일곱 고양이랑 오래오래 안 아프고 사는 게 내 소원이다.

썩을 놈, 쳐 죽일 놈, 벼락 맞을 놈

내 가족이 이렇게 예쁘니 남의 자식도 예쁘고, 독립적인 삶을 살아가는 길 위의 아이들도 예쁘다. 더욱 관심을 갖고 유기묘를 위한 후원도 하고 있다. 동물보호단체 SNS 계정을 팔로우하다 보니 자연스럽게 도움이 필요한 동물들의 소식을 많이 접한다. 철거 지역에 남겨진 길고양이나 애니멀호더에게서 케어받지 못하고 있는 동물을 구조하는 분들에게 소액이지만 후원금을 보낸다.

동물 학대 뉴스도 보고 싶지 않지만 자주 보게 되는데 작은 철창에 어린 고양이를 잡아다 넣고 펄펄 끓는 주전자 물을 붓는 인간, 개를 차에 매단 채 전속력으로 운전한 인간, 고양이를 노란 테이프로 돌돌 동그랗게 말아서 발로 차고 놀았다는 인간, 고양이를 토막 살해한 후 길고양이 급식소에 가져다 놓은 인간들을 보면 "이런 썩을 놈, 쳐 죽일 놈, 벼락 맞을 놈" 세상에 있는 욕 없는 욕을 다 해댄다. 뜬장에 갇혀 번식견, 번식묘로 살아가고 있는 불쌍한 아이들과 그들이 보는 곳에서 동료 개, 고양이들을 죽여 기계에 갈아버리는 개농장의 충격적인 행각 등 학대와 살해 사건을 보게 되면 인류애를 잃고 분노가 머리끝까지 치민다. 혼자 책방에 앉아 노트북을 바라보며 분을 가라앉히지 못해 씩씩거린다. 두려움에 떠는 동물들의 얼굴이 머릿속에 계속 떠올라 잠이 오지 않는다.

지금 나의 소중한 가족들도 길 위에서 살았다면 어떤 봉변을 당했을지 모를 일이다. 집에서 살든 길에서 살든 모든 동물들은 학대당하지 않을 권리, 하나의 생명으로 존중받아야 할 권리, 즉 '동물권'이 있다는 생각을 하게 된다. 지금 이 시간에도 지옥에서보다 더 큰 고통을 당하고 있을 생명들을 생각하면 나도 발벗고 뭐라도 해야 할 것 같다. 지금은 생업에 묶여 구조한 동물들의 치료비를 보태는 소극적인 일밖에는 하지 못하지만 언젠가 기회가 된다면 펫숍에서 동물을 사지 말고 유기동물을 입양하라는 캠페인을 적극 홍보하고 불법 개농장 철거에 힘쓰고 싶다. 아이를 키우는 엄마가 유모차에 탄 아이를 보면 "몇 개월이에요?" 묻듯이, 안타까운 뉴스에 "나도 아이 키우는 엄마라서 너무 공감해요."라고 댓글을 달듯이, 내가 동물권에 관심을 갖게 된 건 고양이 가족이 생긴 이후로 너무나 자연스러운 수순이었다.

채식을 결심한 그날도 나는 SNS에 올라온 동물 학대 게시물을 보고 혼자 성을 냈다가 한숨을 내쉬고 있었다. 그러다가 우연히 다른 책방에서 올린 다큐멘터리 시청 후기가 눈에 들어왔다. 다큐멘터리 제목은 〈도미니언(Dominion)〉. 해외에 있는 축산 공장의 반인륜적인 실태를 고발한 영상이었다. 나는 차마 동영상을 재생할 용기는 나지 않아서 썸네일 이미지를 몇 장 찾아보았다. 오물로 뒤덮인 비좁은 사육장, 수십 마리를 한번에 도살하는 원형 기계, 새빨간 피가 낭자한 장면들, 살처분 후 쓰레기처럼 버려진 사체 더미, 살아 있지만 생으로 털이 뽑혀서 분홍색 살갗이 반 이상 드러난 오리와 밍크 등 사진 몇 장만으로도 공장식 축산업이 내가 생각한 것보다 더 처참하고 끔찍하다는 걸 알 수 있었다. 사육동물에게는 생지옥과 마찬가지인 곳.

사이코패스의 충동적인 범행이 아닌 축산업이라는 미명하에 체계적으로 이루어지는 학대에 소름이 끼쳐서 썸네일 사진조차도 몇 장 보지 못하고 인터넷을 닫아버렸다. 하지만 앞선 학대 뉴스에서처럼 나는 분노하지 못했다. 분노할 대상이 없었기 때문이다. 모니터 속 동물을 학대하는 저 사람들은 하얀 유니폼을 입고 열심히 맡은 바 임무를 수행하고 있을 뿐이었다. 왜? 고기를 더 많이, 더 빨리 생산해야 하니까. 왜 더 많이 더 빨리 생산해야 하냐고? 고기 소비가 전 세계에 넘쳐나니까. 치킨이나 돈가스는 남녀노소 누구나 좋아하는 최고의 음식이고, 특별한 날에는 '에이뿔', '투뿔' 운운하며 등급을 매긴 한우를 사 먹고, 레어로 익힌 스테이크를 우아하게 썰어 먹으니까. 그리고 나 역시 고기를 너무 좋아하는 사람 중 한 명이고! 젠장!

공장식 축산업의 끝에는 "고기 없이 밥 못 먹어!" 외치는 내가 있었다. 학대 가해자를 꼽는다면 그 썩을 놈, 쳐 죽일 놈, 벼락 맞을 놈 중에 나도 포함되어 있었던 것이다. 이전 동물 학대 사건처럼 청원에 서명을 하고 후원을 해서 해결할 수 있는 문제가 아니었다. 전 세계에 만연한 이 거대한 공장식 축산업을 동물을 위한 환경으로 바꾸기 위해 내가 할 수 있는 일이 무엇이 있을까? 저 고통스러운 과정을 겪은 고기가 내 몸에 좋을 리도 없는데 고기를 끊어야 할까? 응? 고기를 끊자고? 그럼 난 뭐 먹고 살지?

단번에 결심하지 못했다. 솔직히 사육장의 동물들이 어떻게 다뤄지는지 이전에 아예 몰랐던 것도 아니었다. (개고기를 먹지는 않지만) 쫄깃한 육질을 위해 식용견들이 어떻게 죽어가는지, 수백 마리의 닭들이 날개도 뻗지 못하는 감금틀에 갇혀서 평생 어떻게 사는지, 그동안 어렴풋이나마 보고 들은 게 있는데도 나는 육식을 선호했다. 영화 〈옥자〉를 본 날도 라면에 소시지를 넣어 먹은 사람이 나다. 불편한 진실을 개선하려는 의지보다 어렸을 때부터 길러진 식성의 힘이 더 강했다. 아니 그것보다 저건 개, 저건 영화, 저건 어느 시골 양계장의 모습일 뿐 내 밥상과 직결되어 있다는 생각을 못했다.

고양이와 가족이 되고 나에게 이 가족이 소중해진

만큼 점점 동물의 고통을 모른 척하기 힘들어졌다. 고양이와 개에게만 동물권이 있는 건 아니니까. 모든 동물이 불필요한 고통에 시달리지 않도록 내가 할 수 있는 일을 하고 싶었다. 지금까지 후원금을 보내고 청원 동의를 한 것처럼 활동 하나를 더 추가하기로 했다. '고기 소비 줄이기!' 한동안 고기를 먹지 않아도 전혀 상관이 없을 정도로 난 지금까지 고기를 너무 많이 먹어왔다. 고기 소비량을 좀 줄인다고 문제될 게 없었다. 그렇게 난 2019년부터 비건 지향 채식인으로 지내고 있다.

내 육식의 역사

"엄마, 나 어렸을 때 고기 많이 먹지 않았어? 집에서도 엄마가 고기 볶아주고 아빠가 태릉 갈비집에도 자주 데려갔던 거 같은데? 오리고기도 먹고 했던 기억이 나."

"집에서 고기를 먹은 건 일주일에 한 번씩 정도였지. 장위동 뒷골목에 있던 그 시장 있잖아. 거기서 돼지고기를 사와서 고추장에 볶아주면 니 언니랑 오빠 그리고 너랑 밥 한 끼 아주 잘 먹었어. 아빠가 고기 사준 건 가끔 데려간 거고."

우리 집이 장위동에 있던 시기는 유치원 다닐 때니 이보람이 7살 정도의 꼬맹이였겠다. 엄마 손을 잡고 빨간색 조명이 켜진 정육점에 서서 육절기에서 일정한 기계음과 같이 얇게 썰려 나오는 빨간 고기를 집중해서 바라보던 기억이 떠올랐다. 그 시절 엄마는 사골국도 종종 끓여주었다. 큰 솥에 소뼈를 넣고 뽀얀 국물을 우리면 일주일이고 열흘이고 사골국에 밥을 말아 먹었다.

학교에 입학한 후에는 도시락을 싸 들고 다녔는데 소시지 반찬, 햄 반찬을 많이 먹었다. 간단하게 프라이팬에 볶아서 케첩만 뿌리면 누구나 좋아하는 반찬이 되니 엄마에게도 나에게도 최고의 재료가 아닐 수 없었다. 기차처럼 줄줄이 이어진 햄, 손가락처럼 긴 모양의 햄, 김밥에 넣을 수 있는 네모난 통짜 햄 등 맛도 모양도 다양해서 질리지 않고 먹는 반찬 중 하나였다. 엄마가 없는 날에는 몰래 긴 소시지에 쇠젓가락을 끼워 가스레인지를 켜고 직화로 구워 먹었다. 겉면의 껍질이 고열에 탁 터지면서 기름이 자글자글 끓으면 반대편으로 돌려 또 굽고, 골고루 익힌 후에 케첩을 찌익 뿌려 핫도그처럼 먹었다.

고학년이 되었을 때 냉동 동그랑땡이나 치킨너겟도 도시락 반찬으로 인기를 끌었다. 달걀프라이도 가끔 밥 위에 얹어져 있고는 했다. 꼬맹이 이보람은 개인적으로 깡통 햄, 스팸을 무지 좋아했다. 맛도 맛이지만 엄마가 깡통 따는 일을 나에게 시켰기 때문이다. 엄마가 내민 깡통을 날름 받아서 위에 붙은 열쇠 모양의 오프너를 떼어내 깡통의 절단면을 끼워 돼지 꼬리 말리듯이 돌돌 돌리면 뚜껑처럼 깡통이 분리되어 열렸는데, 그게 뭐가 재밌다고 엄마에게 늘 깡통 햄 따는 걸 시켜달라고 졸랐다. 하얀 기름이 잔뜩 낀 통조림 장조림은 물에 만 밥에 얹어 먹는 걸 좋아했고, 이후에 나온 베이컨은 구워서 김처럼 밥을 싸 먹었다. 명절이면 육포 선물도 자주 들어와서 간식처럼 먹었으니 아주 365일 가공육의 향연이 펼쳐졌다고 할 수 있다. 아, 참치 캔도 맛별로 출시되기 시작하던 때였다.

종종 있던 가족 외식은 주로 고깃집 아니면 탕수육이나 돈가스가 주메뉴였다. 탕수육은 졸업식 같은 행사 때에나 먹는 고급 요리였고 경양식집에 가서 빵이나 밥을 선택해 가며 먹는 돈가스도 아무 때나 맛볼 수 없는 귀한 메뉴 중 하나였다. 언젠가는 온 가족이 출동해 명동돈가스에 갔다가 처음 맛본 두툼한 돈가스 맛에 놀랐다. 너무 맛있어서. 그 뒤 명동에 갈 때면 칼국수보다는 내심 돈가스집에 가기를 기대했다. 매번 비싼 돈가스를 사 먹을 수는 없으니 집에서 돈가스를 만들어 먹었다. 고기에 밀가루와 달걀물, 빵가루를 묻히는 건 내 몫이었다. 다 튀긴 돈가스에 케첩을 뿌려주었는데 대단한 소스가 없어도 갓 튀긴 엄마표 돈가스는 맛이 일품이었다. 엄마가 만두를 빚을 때면 옆에서 나도 만두피에 돼지고기 만두소를 넣고 엄마를 따라 만두를 빚었다.

초등학교 때부터는 피자와 치킨의 맛에도 눈을 떴다. 우리나라에 피자헛 매장이 들어오기 시작할 때 유명 탤런트가 점주여서 더 이목을 끌었던 것으로 기억한다. 나는 피자헛보다 동네 빵집에서 파는 피자빵을 주로 먹었지만. 치킨은 아빠가 퇴근길에 사온 통닭이나 양념치킨을 가끔 먹다가 어느 날 언니 오빠가 종로에 데리고 가서 켄터키프라이드치킨을 사줬는데 이 세상 치킨 맛이 아니었다. 딸기잼을 짜서 같이 먹는 비스킷도 너무 맛있었고. 이태원의 햄버거집에서 먹었던 햄버거와 밀크셰이크도 신세계의 맛! 일주일에 한 번 정도 고기를 먹던 아이가 금세 가공육과 치킨, 피자, 돈가스의 세계에 빠져들었고, 이후 패밀리 레스토랑의 성행으로 파스타와 스테이크까지 섭렵하게 된다. 이동통신사 멤버십 할인으로 나름 저렴하게 즐길 수 있었으니까. 햄버거도 나중에는 수제버거를 먹으러 다녔지. 패티의 육즙이 어쩌네 저쩌네 하면서. 소주를 마시면서는 이제 남의 살도 모자라서 내장까지 탐하기 시작, 순대는 별로 안 좋아하는데 구워 먹는 곱창을 좋아했다. 난 대창이 맛있더라, 곱이 많은 대창. 그렇게 나는 고기가 주식인 양 고기 없이는 밥을 못 먹는 사람이 되었다.

대학교 엠티를 갈 때면 삼겹살을 몇 근이나 사야 잘 샀다고 선배한테 칭찬받을까 고민하는 총무였고, 직장인이 되어서는 점심시간마다 설렁탕을 먹을지 갈비탕을 먹을지 뚝배기불고기를 먹을지, 고만고만한 메뉴들 사이에서 고민하며 살았다. 간단히 삼각김밥으로 끼니를 때워도 그 작은 김밥 안에 고깃덩어리가 들어가 있었다. 주말에 친구들을 만나 항정살과 갈매기살을 먹고 마블링이 어쩌네 저쩌네, 다음 주말에 친구들을 만나 백립과 윙을 먹고 육질이 어쩌네 저쩌네. 야식은 부동의 1위에 빛나는 족발과 보쌈! 어느새 치킨은 치느님이라 불렀으며 고기는 항상 옳은 것이 되었다. 고기를 먹기 위해 사는 건가 싶게 언제 어디서건 꼬리에 꼬리를 무는 고기의 행렬이 식탁 위 자연스러운 풍경이 되었다.

특별할 것 없는 평범하고 소소한 나의 추억인데 내

또래들이라면 거의 비슷한 기억을 가지고 있을 것이다. 이제 소고기 정도는 아무렇지 않게 사 먹는 대한민국 국민이고 먹거리만 둘러봐도 빠른 기간 내 눈부신 경제성장을 이룩한 우리나라 좋은 나라여야 하는데 내가, 갑자기, 보고 만 것이다. 고기의 맛에 심취해서 몰랐던 육류 생산의 어두운 이면을.

2013년 기준 우리나라에서 한 해 동안 도축되어 고기가 된 동물은 소가 80만 마리, 돼지가 1400만 마리, 닭이 6억 마리이다. 그리고 그 수요를 맞추기 위해 공장식 사육장에서는 300만 마리의 소, 1000만 마리의 돼지, 1억 4000만 마리의 닭이 고통스럽게 살아가고 있다.[1] 고기 소비량은 매해 증가하고 있고 2019년 기준 전 세계 인구의 밥상에 올라간 소, 돼지, 닭은 무려 730억 마리가 넘는다.[2]

〈도미니언〉을 끝내 보지는 못했다. 유튜브에서 쉽게 시청이 가능한 영상이지만 끝까지 보기 힘들다는 말에 재생 버튼을 누를 용기조차 나지 않았다. 괜히 검색 결과로 같이 뜬 컨트리밴드 '올드 도미니언(old dominion)'의 노래만 듣다가 창을 끄곤 했다. 대신 관련 책들을 한 권씩 읽기 시작했고 관련 뉴스도 집중해서 들여다보게 되었다. 조금만 관심을 갖고 찾아보아도 공장식 축산업의 병폐에 대한 사례를 쉽게 접할 수 있었다. 공장에서 천만 단위, 억 단위의 셀 수도 없는 동물들에게 가해지는 학대는 상상 이상으로 끔찍했다.

세계 축산업의 90퍼센트를 차지하고 있는 공장식 축산업.[3] 공장식 축산업은 저비용 고효율의 경제 논리에 철저히 따른다. 한마디로 시간과 공간의 싸움이다. 작은 공간에 더 많은 개체를 길러야 하고 짧은 시간에 더 많은 고기를 생산해야 한다. 밀집 사육의 비위생적인 환경에서 병으로 다 죽지 않으려면 항생제와 화학약품들이 투여되고, 태어난 새끼들은 빠른 시간 내에 살을 찌워야 하니 성장촉진제를 맞는다. 알을 낳는 닭, 산란계의 감금틀인 배터리케이지는 길게 겹겹이 쌓아올려져 있는데, 닭 한 마리가 쓸 수 있는 공간은 A4 용지의 3분의 2 크기이다.[4]

할머니 산소 가는 시골길에서 종종 산란계 농장을 목격했다. 어렸을 때부터 보던 풍경이라 닭은 그렇게 키워도 되는 건 줄 알았다. 몰랐지, 그게 뜬장이어서 서 있는 것조차 힘든데 알이 잘 굴러떨어지게 심지어 기울어져 있다는 걸. 몰랐지, 그곳에서 한 번을 나오지 못하고 평생을 알만 낳다가 죽는다는 것을. 정말 아무것도 몰랐지, 스트레스로 서로를 공격할 수 있으니 미리 부리를 자른다는 것을. 알을 낳지 못하는 수평아리가 태어나면 바로 분쇄기에 갈려 죽는 것도 책을 통해 알았다. 임신한 돼지, 모돈 역시 생산성을 극대화하기 위해 스톨이라는 몸 하나 들어가는 작은 틀에 갇혀 새끼를 낳는다. 돼지도 스트레스로 서로를 공격할 수 있어서 꼬리와 이빨을 자른다. 수퇘지는 고기가 되었을 때 냄새가 난다는 이유로 마취도 없이 거세를 한다.[5]

닭도 돼지도 오물이 가득한 축사에서 임신을 하고 알을 낳고 새끼를 낳는다. 우유를 만드는 소, 젖소는 우유를 끊임없이 생산하기 위해 인공수정을 통해 평생 출산을 반복해야 한다. 평생 착유기로 모유를 착취당하다가 기력이 다한 소는 쓸모가 없어졌으니 바로 도살장으로 보낸다.[6] 소는 원래 목초지에서 풀을 먹고 자라는 동물인데, 사육장에 넣어놓고 살을 찌우기 위해 목초가 아닌 콩과 옥수수 사료를 먹인다. 소는 20년을 사는데 2살이 되기 전에, 돼지도 수명이 20년인데 6개월령에, 닭의 자연 수명은 8-15년인데 육계는 생후 40일쯤에 도살

된다.[7] 인구가 늘어나면서 공장식 축산업은 고기와 유제품, 달걀의 생산량을 늘리기 위한 어쩔 수 없는 선택이었을까?

오르톨랑이라는 프랑스 멧새 요리가 있다. 어두운 곳에서 밥을 먹는 이 새의 특성 때문에 눈을 뽑아 먹이를 주어 살을 찌우고 산 채로 브랜디에 담가 익사시켜 먹는 잔인한 음식이다. 요리를 먹을 때는 죄책감에 얼굴을 손수건으로 가리고 먹는다고 하는데, 일각에서는 얼굴을 가리는 건 미각에 집중하기 위함이라는 말도 있다.[8] 전자든 후자든 구역질이 나는 건 마찬가지다. 그런데 오르톨랑이랑 공장식 축산업이랑 다를 게 뭐가 있지?

살아있는 곰의 쓸개즙을 뽑고 앞발을 잘라버린다. 어느 기사에서는 곰이 참지 못하는 고통에 인간을 공격한다고 앞발을 잘랐다 하고, 다른 기사에서는 곰의 앞발이 고가품이라 앞발만 잘라 팔았다고 한다.[9] 역시 전자든 후자든 그 잔인함에 치가 떨린다. 그런데 이게 공장식 축산업이랑 다를 게 뭐가 있냐고. 과도하게 살을 찌워 네 발로 서 있지도 못하는 소와 체중을 견디지 못해서 다리가 부러진 닭의 기사를 읽고 있자니, 고기가

고기로 보이지 않고 인간이 인간 같지 않게 느껴졌다.[10]

공장식 축산업 덕분에 전 세계 인구가 싼 가격에 고기를 먹을 수 있게 되었으니 이 시스템을 정당화할 수 있을까? 결론부터 말하자면 공장식 축산업 때문에 지구인들은 더 많은 질병과 기아에 시달리고 있다. 현대 사회의 주요 사망 원인인 심장질환과 암, 뇌졸중은 과도한 육류 소비와 관련이 있다. 붉은 육류와 가공육은 발암물질로 분류될 만큼 암과의 연관성이 크다. 또한 미국심장학회 연구팀에 따르면 붉은 육류, 가공육, 정제 탄수화물 등 염증을 일으키는 식품 위주로 식사한 사람은 심장질환에 걸릴 위험이 46퍼센트, 뇌졸중에 걸릴 위험이 28퍼센트 높다고 한다.[11]

기아와 빈곤의 악화도 공장식 축산업의 큰 문제점으로 꼽는다. 세계 곡물 수확량 3분의 1이 가축 사료로 사용되는데 이는 30억 명의 사람을 먹일 수 있는 양이다.[12] 사람이 먹어야 할 곡식이 가축에게 가고 있는 것이다. 축산업은 전체 농지의 80퍼센트나 차지하지만 축산업으로 얻는 칼로리는 18퍼센트밖에 되지 않는다.[13] 환경문제와도 밀접한 관계가 있다. 축산업이 배출하는 온실가스의 양은 14퍼센트 이상을 차지하며 이는 전 세계 자동차와 비행기, 기차, 배 등의 배출량을 합친 것과 맞먹는다.[14] 공장식 축산이 기후 위기의 주범 중 하나인 것이다. 전 세계가 물 부족으로 힘들어하고 있는데 전 세계 물 사용의 50퍼센트가 축산용수로 사용된다.[15] 공장에서 배출되는 살충제, 화학약품 그리고 엄청난 양의 가축 분뇨는 토양과 물을 오염시키고 있다.[16] 밀집 사육으로 바이러스가 빠르게 전파되고 공장 안 동물들은 약해진 면역력으로 구제역, AI, 돼지 콜레라 등에 쉽게 감염되고 산 채로 매장당한다. 2013년에서 2018년 사이 살처분된 동물은 7000만 마리이다.[17] 무조건 매장한다고 다 해결될까? 더 강력한 인수공통 전염병이 발생하면?

동물권을 넘어 인간의 생존을 위협하는 문제는 한두 가지가 아니다. 과연 누구를 위한 공장식 축산인가. 역사상 가장 끔찍한 범죄는 공장식 축산이라고 했던 유발 하라리 작가의 말에 동의한다. 인간은 자연과 동물의 생태계를 파괴한 대가를 치르게 되겠지. 아마도 코로나19가 그 시작점이 아닐까. 앞으로 인류에게 어떤 재앙이 닥치게 될지 너무 두렵고 무섭다.

돈수와 딜레마

　　최근에 놀라운 사실을 알았다. 돼지의 지능이 사람의 서너 살 아이들과 비슷한 수준으로 개, 고양이의 지능보다 높다고 한다. 개와 고양이가 주인도 알아보고 수상한 사람이 나타나면 경계하고 사람과 같이 놀기도 하는 영리한 존재인 건 누구나 다 아는데, 돼지가 우리 집 고양이보다 지능이 높다고? 아이 서너 살이면 눈치도 빠르고 말도 다 알아듣는데 돼지가 그런 지능을 지녔다고? 아니, 돼지가 밥 먹고 똥 싸고 하는 것 말고 무얼 할 줄 안다고 지능이 저리 높을까, 의아했다. 그런데 황윤 감독의 영화 〈잡식가족의 딜레마〉를 통해 내가 그동안 몰랐던 돼지의 새로운 모습을 보았다.

{ 고양이가 좋아서 }

소개를 간단히 하자면 이 영화는 산골에 있는 소규모 농장에서 친환경으로 길러지는 돼지들의 일상을 촬영한 다큐멘터리이다. 공장식 축산을 주제로 다루지만 전반적으로 농장을 배경으로 하기 때문에 나처럼 〈도미니언〉을 보기 힘든 사람들이 있다면 이 영화를 추천한다.

농장주는 돼지들한테 이름도 붙여주고 각기 어떤 성격을 갖고 있는지도 알고 있다. 그리고 사람이 먹을 수 없는 사료는 돼지에게도 주지 않았다. 원래 이곳은 유기농 채소를 키우는 곳으로 화학비료 대신 천연비료를 쓰기 위해 돼지를 기르기 시작했다. 돼지들의 분뇨는 경작지의 거름이 되고 그 거름으로 자란 채소 중 팔지 못하는 못생긴 채소들은 돼지들에게 별미로 제공한다.

스톨에 갇힌 돼지가 아닌 비교적 자유롭게 살아가는 돼지를 보면서 알게 된 점은 저기 저 돼지가 여기 우리 집 고양이들과 정말 다를 게 없이 똑같이 행동한다는 것이었다. 돼지는 밥만 먹고 누워만 있지 않는다. 내 예상과 전혀 달리 밀밭을 놀이터 삼아 신나게 뛰어놀았다. 우리 집 고양이들이 아침마다 낚시 놀이를 하며 놀듯이 새끼 돼지들도 신나보였다. 또한 돼지는 말은 못 해도 의사표현을 확실히 할 줄 아는 영특한 동물이었 다. 마음에 안 들면 농장주에게 화내고 삐지기도 했다. 우리 집 고양이들 엄청 까탈스러운데 비슷해, 비슷해. 엄마 돼지는 스트레스를 받으면 농장 밖으로 탈출하기 도 했다. 그리고 무엇보다 새끼 돼지들이 너무 이뻤다. 세상에서 새끼 고양이가 제일 이쁜 줄 알았는데 아, 돼 지 고 녀석 되게 이쁘다. 눈도 이쁘고 표정도 이쁘고. 새끼 돼지들이 시종일관 귀여움을 발산해 엄마 미소로 영화를 감상할 수 있었다. 영화 속에는 농장에서 키우 는 돼지와 대비시켜 공장 속 돼지들도 보여준다. 빛이 들어오지 않는 어둡고 비위생적인 축사 안에 갇혀 살 아가는 돼지들은 질병이 생겨도 치료받지 못하고 버려 진다.

황윤 감독은 공장식 축산업의 심각성을 알리기 위 해《사랑할까, 먹을까》라는 책을 출간하기도 했다. 책 속에는 영화에 담지 못한 더 많은 이야기를 풀어놓았는 데 읽다가 책장을 덮고 심호흡을 해야 할 때가 많았다. 열악한 공장 환경에서 일하는 젊은 이주노동자는 어이 없는 죽음을 맞아야 했고, 구제역과 AI로 가축과 가금류 살처분을 담당했던 공무원들의 후유증도 심각했다. 영화를 감상하기에 덜 힘들 거라고 적긴 했지만 나는 도입부부터 귀를 막고 눈을 감았다. 영화는 포크레인에 밀려 살아있는 돼지들이 큰 구덩이에 떨어지는 장면으로 시작한다. 구제역으로 살처분되는 돼지들의 비명이 너무 참혹해서 귀를 막았고, 구덩이 속 뒤엉킨 돼지 중 한 마리와 눈이 마주쳐서 또 눈을 질끈 감았다. 죽어가는 동물의 눈을 모니터 너머로 보는 것조차 이렇게 힘든데 실제로 눈앞에서 살처분을 하는 사람들은 어떠할까.

공장식 축산업은 문제점도 많고 동물도 괴롭고 인간도 괴로운데, 개체수를 조절해서 농장식으로 가축을 키울 수는 없는 걸까? 공장이 아닌 농장에서 친환경으로 키우면 동물도 인간도 모두 행복한 것 아닌가. 농장 안에서 돼지들이 편안하게 거니는 장면을 볼 때만 해도 그렇게 생각했다. 그러다 나의 표정이 순간 굳어졌다. 동물복지가 잘 이뤄진 이곳조차도 어쩔 수 없이 고기를 생산하는 곳이기에 새끼 수퇘지를 거세해야 한다며 농장주는 마취 없이 면도칼을 꺼내들었다. 나는 이 장면에서 놀랐고 이어진 장면에서 어미 돼지가 급하게 지푸

라기 속에 새끼를 숨기는 모습을 보고 한번 더 놀랐다. 돼지의 모성애가 이럴진대 도대체 공장 감금틀에 갇힌 엄마 돼지들은 어떻게 살아가고 있는 걸까? 인간으로 치면 제정신이 아닌 채로 삶의 의지를 잃어버리고 그냥 숨만 쉬고 있는 걸까.

나를 고민에 빠뜨린 결정적인 장면. 돈수라 이름 붙인 새끼 돼지를 태어난 지 1년 후 도축장으로 데리고 간다. 돼지 세 마리를 태운 작은 트럭은 조금 있다가 2층짜리 트럭과 나란히 달리게 되는데, 오물로 더러운 돼지들이 가득한 2층 트럭은 공장에서 온 트럭이다. 트럭의 크기 차이일 뿐 두 트럭은 같은 곳을 향해 갔다. 똑똑한 애들인데 죽으러 가는 길이라는 걸 모를까. 자꾸 돈수의 얼굴이 화면에 나와서 모니터를 쳐다볼 수가 없었다. 불쌍해서 눈물이 뚝뚝 떨어졌다. 태어나자마자 인사하듯이 엄마의 얼굴로 기어가던 새끼였다. 눈이 이쁘고 귀를 팔랑거리며 뛰어다니던 건강한 돼지였다. 인간이 고기 소비를 줄이면 많은 공장형 시스템이 농가형으로 바뀔 것이고 똑같이 죽음을 맞아도 사는 동안 고기가 아닌 동물로 복지를 누리고 살았으니 훨씬 나은 삶일 것이라 생각했다. 근데 모르겠다. 영화 제목 그대로 '딜레마'에 빠졌다.

축산과 도축 과정에서 불필요한 고통을 최소화하는 게 내가 원하는 바이지, 육식을 반대하지는 않는다. 생태계 안에는 먹이사슬이 있고 포식자와 피식자가 있지 않은가. 늑대가 사슴을 잡아먹듯이 인간도 고기를 먹을 수 있다고 생각했는데…. 왜 자꾸 들판에서 뛰놀던 새끼 돼지들이 겹쳐 보여서 날 힘들게 하는지. 고통을 최소화한 인도적 도살이란 게 말이 되기는 하는 건가. 채식인으로 살고 있는 지금도 뚜렷한 목적을 갖고 있는 건 아니다. 축산 공장이 한순간 모두 폐쇄되길 바라는 것도 아니다. 노동자들이 일자리를 잃는 걸 원하지도 않는다. 그저 나는 비윤리적으로 행해지는 문제들이 개선되기를 바랄 뿐이다.

세계 최대 아이스크림 기업 배스킨라빈스의 상속자였던 존 라빈스는 막대한 재산 상속을 포기하고 오랜 시간 아이스크림, 유제품 그리고 축산물에 대한 불편한 진실을 폭로하는 환경운동가로 활동하고 있다. 그는 저서 《음식혁명》에서 이렇게 말했다.

"내가 배스킨라빈스와 그에 따른 부를 버린 것은 그보다 더 심오한 이상이 내 안에 있음을 깨달았기 때문이다. 절망하게 하고 냉소하게 하는 것들에 둘러싸여 있으면서도 여전히 우리에게는 더 나은 삶과 더 사랑스러운 세상을 지향하는 공통된 꿈이 숨어 있기 때문이다."

유럽에서는 닭의 케이지 사육과 어미 돼지의 스톨 사육을 금지하고 있고,[18] 국내에서는 '케이지프리'를 선언하고 2028년까지 식용란을 동물복지 달걀로 바꾸겠다는 계획을 밝힌 식품업체도 있다.[19] 식물성 재료로 만든 대체육 외에도 살생 없이 세포를 키우는 방식으로 만드는 배양육이 미래의 먹거리로 주목받고 있다.[20] 뉴욕시의 모든 공립학교에서는 주 1회 채식 급식을 제공하고[21] 국내에서도 서울시청에서 주 1회 채식 급식을 시행 중이다.[22] 더 나은 삶과 사랑스러운 세상을 지향하는 공통된 꿈을 안고 많은 기업과 단체, 개개인들이 노력하고 있다. 나 역시 동물과 인간에게 더 나은 삶이 열리기를 기대하며 이들 옆에서 작은 발걸음을 내딛어본다.

2 ─ 비거니즘 일상의 시작

채식 용어는 어려워

공장식 축산업의 폐해에 대해서는 충분히 알았고, 고기 소비를 줄이기 위해 비건을 지향하며 살겠다고 굳게 결심했지만… 이상과 현실은 다르다. 한번에 식생활을 바꾸는 건 무리였다. 비건 지향 채식인 친구가 알려주길, 처음에는 채식이 힘들 수 있으니 주 1회만 채식을 하고 점차 육식을 줄여 나가는 방법도 있다고 하였다. 비틀즈의 멤버인 폴 매카트니가 온실가스를 감축할 수 있는 방법으로 제안한 '고기 없는 월요일' 캠페인이 그런 방식이었다. 그 캠페인으로 많은 이들이 비교적 부담없이 채식을 경험 중이다. 한 사람이 일주일에 하루 채식을 하면 1년에 나무 15그루를 심는 효과가 있다.[23] 그린피스에서도 '채소 한끼, 최소 한끼' 캠페인을 벌이고 있다. 아주 좋은 방법이지만… 근데 난 안 돼. 한 번 입을 대면 내가 고기 한 점으로 끝낼 리가 없거든. 주 1회 고기 금식을 하면 남은 6일 동안 정신 줄을 놓고 7일 치 8일 치 9일 치를 고기로 보충할 사람이 나였다. 아예 입을 대지 않는 게 상책이었다. '식물성 식품만 먹을 거야.'가 아닌 '일단 소, 돼지, 닭 세 가지 고기만 끊어보자.'가 나의 첫 번째 목표였다.

블로그 책방일지에도 소, 돼지, 닭을 끊는다고 적었다. 누군가 물어보면 "완전 채식은 아니지만 소, 돼지, 닭은 안 먹습니다."라고 답하곤 했는데 '고기 없는 월요일'을 알려준 친구가 나 같은 경우를 페스코 베지테리언이라 칭한다고 댓글로 알려주었다. 소, 돼지, 닭을 제외하고 동물성 제품 중에서 생선류와 유제품, 달걀을 먹는 사람은 페스코 베지테리언.

채식인 중에는 무조건 채식만 하는 사람뿐 아니라 나처럼 애매한 사람도 끼워서 분류를 하고 있었다. 채식의 종류는 생각보다 더 세세했다. 동물성 식품을 전혀 먹지 않으면 비건, 유제품을 먹으면 락토, 유제품과 달걀을 허용하면 락토오보, 락토오보에 생선을 먹으면 나처럼 페스코, 그리고 붉은 살코기만 먹지 않으면 폴로, 채식을 지향하나 때에 따라 육류와 생선을 먹는다면 플렉시테리언이었다. 그리고 가장 극단적인 채식주의자는 프루테리언으로, 땅에 떨어진 열매만 먹는 사람들이었다. 이제 "소, 돼지, 닭 안 먹어."라고 말하는 대신에 '페스코'라는 단어로 식생활을 설명할 수 있었다.

　하루는 길을 걷다가 책방 초기에 나와 자주 놀았던 손님을 만났다. 그 당시 10대 소녀였는데 나랑 스무살 차이가 나는데도 쿵짝이 잘 맞는 친구였다. 나는 언니다움은 찾아볼 수 없이 얼토당토않은 헛소리를 해대는 언니였고 소녀는 주로 날 비웃는 동생이었다. 시간이 지날수록 발걸음이 뜸해지고 나도 연락이 뜸해졌는데 몇 해만에 길에서 우연히 마주친 것이다. 이제 20대가 된 동생 얼굴에 피어싱이 가득했다. 작업실에 가는 길이라며, 같이 가지 않겠냐고 즉석에서 초대를 해주었다.

　"나 구경해도 돼? 갈래 갈래! 과일 가게 들르자! 그래도 첫 방문인데 빈손으로 갈 수 없지!"
　신나서 쫄래쫄래 동생을 따라 작업실로 향했다. 주

택을 빌린 작업실이었는데 내가 거실에 앉자 인도 향을 피워주고 LP로 노래를 틀어주었다. 사온 과일 말고 다른 것도 주고 싶어서 주머니에 뭐가 있나 뒤적여 보니 사탕이 손에 잡혔다. 책방 손님이나 입고 제작자한테 받은 간식이었다. 내가 테이블 위에 꺼내놓은 사탕을 동생이 먹으려다 말고 껍질을 유심히 보더니 "이거 비건 사탕이네요." 한다. 내가 채식인이라고 여기저기 떠벌리고 다녔더니 간식으로 비건 제품을 넣어주는 사람들이 종종 있는데 그중 하나였던 모양이다. 아니, 근데 그 손톱만 한 작은 봉지에 비건이라고 적혀 있나? 궁금해서 물어보니 동생이 사탕봉지에 작게 인쇄된 인증마크를 가리킨다. V자 모양의 풀떼기 하나가 그려진 마크였다.

"여기 비건 인증 마크 있잖아요. 비건 친구들이 알려줬어요."

"(반갑다는듯이) 아, 친구들이 비건이야? 나도 채식해! 나는 페스토!"

자신 있게 큰소리로 외쳤는데 동생이 나를 쳐다보며 한숨을 쉬듯 말했다.

"페스코겠죠. 페스토는 무슨 페스토야! 바질페스

토야?”

　　오랜만에 만나도 이 언니 참 변함없이 얼토당토않네 하는 눈빛이 읽혔다. 응, 나 변함없어. 내가 비건을 글로 배웠어. 세스코라고 안 한 게 어디니. 그래도 용어는 확실히 알게 되었네. 나는 바질페스토 아니고 페스코!

한국인을 위한 채식 스타일, 비덩

정확히 말해 나는 페스코 베지테리언도 아니었다. 붉은 육류와 닭고기를 제외했지만 고기 국물은 먹었다. 아마 소고기 조미료가 들어간 음식들도 알게 모르게 많이 먹고 있겠지. 김치찌개를 주문해서 찌개 속 김치만 주워 먹는다고 해도 그건 육즙이 밴 김치이고 육수였다. 그런데 고기 국물까지 배제한다면 나는 식당에 가서 젓가락만 빨고 있어야 했다. 일단 고기 국물은 허용하자 생각하니 라면도 먹을 수 있고, 먹을 수 있는 범위가 좀 넓어졌다. 그래서 어디 가서 나의 식성을 소개할 때 페스코라고 말은 하되 "고기 국물은 먹어요." 한마디를 덧붙여야 했다.

채식인이 된 이후로 친구들과 밥을 먹으면 고민이 많이 생겼다. 나를 배려해 주려고 먹고 싶은 고기를 못 먹는 친구들에게 미안해지곤 했던 것이다. 선택지가 없어서 고깃집에 가게 되면 옆에서 샐러드만 집어먹는 내가 얼마나 신경이 쓰였을까 싶다. 그러던 와중에 강북주류파 술자리 모임이 있었다. 강북주류파는 독립출판물 업계에서 만난 술 좋아하는 친구들 모임이다. 도장 깨기처럼 안주를 메뉴별로 다 시켜 먹고, 2차 3차는 기본으로 가고, 밤새는 것도 마다 않는 주당들 되시겠다. 이들과의 술자리에 가면 친구들이 나를 위해 치즈파스타나 해물볶음을 안주로 시켜주었다. 친구들의 배려 덕에 큰 불편은 없었지만 나 때문에 갈 수 있는 술집의 범위가 좁아지는 것 같아 미안한 마음이 생겼다. 하루는 감자전으로 유명하다는 주꾸미 가게를 가서 1차로 감자전을 배불리 먹고 2차를 어디로 갈지 의견을 모았다.

"나 때문이라면 고민하지마. 고깃집 가도 돼."

"언니 고기 안 먹잖아요."

"난 밑반찬 먹을게. 샐러드 먹으면 돼."

"에이 그게 뭐야. 고깃집 말고 다른 데 가면 되지."

"고깃집 제발 가! 나 고기 냄새라도 좀 맡아보자.

육수 좀 마셔보자.”

　　그때 친구가 팔꿈치로 나를 치며, “으구! 으구! 이 언니 비건 아니고 비덩이네!” 하는 것 아닌가. 비덩은 또 뭔가 싶었는데 나 같은 식성을 일컫는 신조어가 또 이미 만들어져 있었던 것이다. 한국 음식은 고기와 생선 베이스가 많다. 조미료나 육수, 젓갈 등 이를 모두 시시콜콜 따져가며 골라낼 수가 없어서 한국에서만 특별히 만들어진 채식의 분류였다. 덩어리 고기만 안 먹는 사람, 비덩. 참 한국 사람들 말 만들기 천재들이다. 오케이! 난 비덩! 페스코보다 외우기도 쉬워서 좋다.

　　강북주류파 모임은 코로나19로 인해 거의 해체 직전이다. 인원 제한에 여럿이 모이기도 힘들고 술집들도 영업 제한으로 운영 시간이 짧아진 탓이다. 또한 각자 공사다망한 개인사 때문에 모이기 힘들기도 하고. 시국이 시국인만큼 1년에 한 번 만나는 대학 동창 모임도, 책방의 유일한 행사인 책 모임도 온라인 화상회의 앱으로 진행하였다. 각자 모니터 앞에서 내가 먹고 싶은 음식을 먹으면 되니, 함께 메뉴 고르기 애매했던 비덩인 나에게는 한편으로 다행이지만 온라인으로만 모임을 하는 현실이 조금은 쓸쓸하게 느껴진다.

탕수육 못 먹으면 만두 먹어

　주변에는 일찍이 비건을 시작한 채식인 친구들이 있었다. 페스코가 뭔지, 고기는 왜 안 먹는 것인지 이해 못 하던 고기덕후 잡식주의자로 살던 시절, 그러니까 불과 2-3년 전 이야기다. 친구들과 연남동 공원으로 소풍을 갔다. 공원 초입 양쪽에 스테이크를 테이크아웃으로 파는 가게가 마주 보고 있었다. 왼쪽 집에서 스테이크를 종류별로 먹어보고, 오른쪽 집에서도 스테이크를 먹어보며 가성비 맛 비교를 하며 즐겼다. 그날도 돗자리 위에서 스테이크를 종류별로 사서 먹고 있었는데 친구 둘은 채식 도전 중이라며 고기를 거부했다.

　"응? 왜?" 고기를 거부한 친구 코앞에 고기 한 점

을 들이대며, "이걸 왜 안 먹어! 맛있는데!" 하던 사람이 나다. 지금 생각하니 너무 창피하다. 채식에 대한 개념이 아예 없었다. 책방에서 책 모임을 할 때면 치킨을 브랜드별로 시킬 거라며 신나게 공지를 올렸다. 그때비건 참석자가 있어서 햄을 뺀 김밥이랑 떡볶이를 시켰는데 참석자가 아무것도 먹지 않는 걸 보고 햄이 없는데 왜 김밥을 안 먹는지 의아했다. 지금 생각해보니 떡볶이에는 어묵, 김밥에는 달걀이 들어가 있어서 비건이라면 먹을 수 없는 음식이었다. 그렇게 간접적으로 채식을 접하면서도 나는 이해할 수 없는 분야라 생각했다.

그런 내가 채식인, 비덩이 되어 채식 세상을 향해 걸음마 중이다. 다행히 내 앞에 고기를 들이대는 몰상식한 친구는 없었다. 이해력이 높은 친구들이라 약속 장소는 비건 식당으로 잡아주고 끼니 챙겨주는 이웃에서는 햄을 빼고 밥을 볶아주었다. 중국집에 가서는 "탕수육 못 먹어? 그럼 만두 시키자." 하는 친구가 있었다. 만두소의 다진 고기를 생각 못 한 친구였지만 나 때문에 탕수육을 포기하니 고맙고 미안했다. 이웃 빵집에서는 감자를 구워 바질과 치즈를 뿌려주었는데 느끼한 감자튀김과는 다른 색다른 맛의 감자구이였다. 고구마 같은 구황작물을 구워서 갖다주는 이웃도 있고. 책 입고 박스 안에서 선물로 보낸 비건 쿠키를 발견하기도 하고, 방문 입고 하러 온 어느 제작자한테서는 비건 스콘을 선물받았다. 버터와 우유 없이 만든 스콘은 딱 보기에도 퍽퍽해 보여서 눈으로만 봐도 목이 메었다. 내가 먹지 않고 다른 손님에게 선물로 주었다. 맛없는 건 안 먹는 인간이 나다.

또 누구는 식물성 재료로 만든 채식라면을 선물해주었다. 봉지 라면인데 집에 가서 냄비에 끓여 먹지, 굳이 책방에서 뜯어 뜨거운 물을 부어 뽀글이로 먹었다. 식탐이 이리 많은 인간이 나다. 국물이 약간 가벼운 맛인데 일반 라면과 별 차이가 없었다. 또 누군가는 고기만두 대신 호박이 들어간 호박만두를 사다줘서 먹어봤는데 맛있었지만 역시 만두는 고기만두가 맛있다는 것을 다시 깨닫게 했다. 비건 피자도 선물 받았는데 역시 피자에는 길게 늘어지는 치즈가 있어야 한다는 걸 깨달았다. 밥 지을 때 얹어 먹으라고 말린 나물을 주고 간 사람도 있었다. 먹는 것뿐만 아니라 비건 치약과 나무 칫솔을 받은 적도 있다. 책방 자리에 앉아 있으면 받는 게 참 많다. 돈만 없지, 마음이 부자가 되는 자리이다.

"사람한테는 동물성 단백질이 필요해!" 해놓고 비건 아이스크림 사다주고 간 친구. 샤베트 같다. 난 소프트 아이스크림을 좋아하는데. "고기를 안 먹으면 얼굴이 까매진다고!" 해놓고 나랑 만날 때 비건 식당을 시간 내어 조사해 놓는 친구. 이제 까다로운 사람 되는 거냐고 장난처럼 놀리는 친구는 중고 책방에서 오래된 채식 관련 책을 발견했다며 사다준다. 제목은《육식, 건강을 망치고 세상을 망친다》우리 배스킨라빈스 장남 아저씨 책. 내가 돈복이 없지, 친구 복은 참 많다.

책방에서 5분 거리에 비건 식당이 있어서 자주 갔었는데 얼마 안 있어 문을 닫았다. 이전을 한 건지 어쩐 건지 몰라도 마음 편히 갈 수 있는 식당이 없어져서 서운했다. 꽤 맛있었는데 장사가 안 되었던 걸까? 그러고 보니 문 닫기 직전에는 비건 식당이라기보다는 술집으로 성격을 바꾸기도 했다. 비건 식당에 대해 친구는 이렇게 말했다.

"채식 메뉴라고 싼 것도 아니잖아. 이왕 같은 값이면 고기를 먹지. 내가 채식인도 아닌데 왜 굳이 비건 식당을 가겠어."

흠… 그러고 보니 그 말이 맞네. 나는 그나마 비덩이니까 메뉴 선택의 폭이 넓은 편이긴 한데 완전 채식이 되면 친구들과 어디서 만나야 할까? 친구들의 배려 덕분에 비건 식당에 갈 수는 있지만, 반대로 보면 나는 친구들을 배려 안 하는 걸까? 완전 채식이 되면 혼밥을 해야 하나? 그래서 채식인들이 주변인들한테 자꾸 같이 비건 하자고 조르는 건가? 자주 가던 비건 식당이 없어진 날 생각이 많아졌다.

영조의 건강 비결

사도세자 아버지 있잖아, 영화〈사도〉속 송강호 배우가 분(扮)했던 왕, 영조. 영조는 83세로 타계한 최장수 임금이다. 조선 왕들의 평균 수명이 47세인데 약골로 태어났으면서 장수할 수 있었던 비결이 뭔지 찾아보았더니 흰쌀밥보다는 잡곡밥을, 고기보다는 채소를 선호했으며 간식을 삼가고 규칙적인 식단에 충실했다는 기록이 있다.[24] 반대로 세종은 고기가 없으면 밥을 못 먹을 정도로 육식을 즐겼는데 당뇨병에 시달리고 말년에 시력까지 상실했다고 전해진다.[25] 너무 옛날 일을 예로 들었나? 동시대에 살고 있는 사람 중에 보면 영화〈어벤져스〉배우들도 전반적으로 채식인들인데 특히 근육질 배우인 크리스 헴스워스는 완전 채식인으로 알려져 있다.[26] 콩 단백질로 그렇게 강한 근육을 만들 수 있었다고 한다. '고기 없는 월요일' 운동을 제안했던 폴 매카트니는 2015년 내한 공연 때 160분 동안 40여 곡을 불렀는데 당시 나이 74세였다. (나는 공연 못 봤다. 주말이라고 책방 지키고 있었겠지.) 너무 표본집단이 적은가. 최장수촌으로 유명한 에콰도르 빌카밤바의 주식은 잡곡밥, 부식은 이틀 동안 물에 불린 후 조리한 콩이라고 한다. 과일과 생채소를 즐겨 먹으며, 동물성 단백질을 섭취하는 일은 극히 드문 곳이다. 반면 수명이 짧은 최단명촌 중 하나인 카자흐스탄의 카자흐족은 30대 때부터 사망하기 시작하는데, 주식이 양고기이다.[27]

이런 정보를 찾아보는 이유는 무병장수하고 싶어서이다. 장수보다는 무병에 방점이 찍힌 무병장수. 앞서 언급했던 배스킨라빈스의 유일한 상속자였다가 현재는 환경운동가로 살아가고 있는 존 라빈스가 그랬다. 우리는 삶의 10퍼센트를 질병과 함께 보낸다고. 내가 80살까지 산다면 70대 내내 병원 신세를 지며 살게 된다는 건데 나는 인생의 10퍼센트를 그렇게 보내고 싶지 않다. 수술하고 싶지 않다. 약을 달고 살고 싶지도 않다. 입원도 안 할 거야. 병원비도 없고 날 돌봐줄 사람도 없으니까, 내 몸은 내가 지켜야 한다. 그래서 건강한 채식인의 증거 자료를 계속 찾아보고 있는 것이다.

채식 식단과 식물성 식품이 좋다는 기록이 이렇게 나오긴 하지만 단편적인 몇 가지 기록만을 가지고 고기를 끊어도 내 건강에 이상이 없을 거라고 확신할 수 없었다. 완전 채식도 아니고 겨우 페스코의 시작이지만 가뜩이나 노화로 여기저기에서 이상 신호를 보내오고 있는 몸뚱아리를 실험 대상으로 삼자니 불안했다. '이보람 너 이제 젊지 않아. 몸 생각해.' 고기를 끊어도 영양소의 부족함 없이 균형 잡힌 식사가 가능한 것인지 확실한 근거자료가 필요했다. 그리고, 영조 녹용 좋아했대!

일부 채식인들은 인간 몸의 구조가 채식에 적합하다고 주장한다. 고기가 부패할 수 있어서 육식동물은 장이 짧은데 인간은 긴 장을 가졌다는 것, 풀이나 곡식을 씹기 좋게 어금니가 맷돌처럼 생겼다는 것을 근거로 든다. 응, 맞아. 우리 집 쪼매난 맹수 고양이들을 보면 전체 이빨이 뾰족뾰족한데 난 둥글 납작하지. 반대측에서는 인간에게는 식물을 소화시킬 수 있는 소화효

소가 없다며 채식에 적합하지 않다고 주장한다. 그래서 코끼리나 코뿔소는 풀을 먹어도 살이 찌지만 인간은 풀을 먹으면 살이 찌지 않는다고. 응, 맞아. 나 부추전 먹으면 그 풀때기 모양 그대로 배설될 때 많아. 이 말도 맞고 저 말도 맞으니 역시 인간은 잡식성이라는 결론을 내렸다. 그러니까 잡식성인데 고기를 안 먹어도 건강에 이상이 없냐는 거지, 내 말은.

아주 기본적인 것부터 파악해야 할 것 같아서 기초 영양학부터 다시 들여다보았다. 사람이 살아가려면 몸에 연료를 넣어줘야 하고 꼭 필요한 필수 연료가 단백질, 탄수화물, 지방이다. 이게 3대 영양소. 5대 영양소를 치자면 무기질과 비타민이 들어간다. 단백질은 몸의 근육을 구성하고 탄수화물은 에너지로 전환, 지방은 에너지를 저장한다. 모두 꼭 필요한 영양소들이다. 고기의 주 영양소는 알다시피 단백질이다. 단백질은 우리 몸에 들어가서 몸에 흡수되기 위해 아미노산으로 쪼개진다. 꼭 음식으로 섭취해야 하는 필수아미노산이 9가지인데 9가지 모두 식물성 단백질에서도 충분히 얻을 수 있는 것들이다. 콩류, 채소류, 씨앗류 등을 골고루 먹으면 필수아미노산 섭취에 문제가 되지 않는다. 불완전단백질이라고는 하지만 우리가 식사를 할 때 콩 하나만 먹거나 채소 하나만으로 밥을 먹는 것이 아니기에 다양한 식물성 식품을 골고루 먹는다면 영양학적으로 문제가 없다.

완전단백질이라 불리는 고기를 통해 단백질을 섭취하면 편할 수는 있겠지만 포화지방과 콜레스테롤이 많이 함유되어 있어서 동맥경화, 만성염증 등의 질환에 걸릴 가능성도 높아진다. 붉은 육류는 2군 발암물질이고 가공육은 1군 발암물질로 분류되어 있다.[28] 말 그대로 꾸준히 과다 섭취 시 암 발병률을 높인다. 반대로 식물성 식품에는 식이섬유, 비타민, 무기질이 풍부하게 들어가 있어서 몸에 좋은 식재료이다. 식이섬유는 6대 영양소라 불릴 만큼 중요해지고 있는데, 채소가 위에서 소화되지 않고 대장으로 내려와 요즘 이슈가 되고 있는 장내미생물의 먹이가 된다. 배변 활동에도 좋고 장을 건강하게 만든다.

2002년 타임지가 선정한 세계의 10대 슈퍼푸드[29] 중 9개가 모두 식물성 식품인 것도 식물성 식품에 얼마나 영양소가 풍부한지 단적으로 보여주는 예이다. 귀리, 블루베리, 녹차, 마늘, 토마토, 브로콜리, 아몬드, 적포

도주, 시금치, 연어. 이렇게 총 10가지 슈퍼푸드는 만성 질환과 암을 예방하는 데 도움을 주고 면역력을 강화시킨다. 눈으로 읽기만 해도 슈퍼파워가 솟고 무병장수할 것 같다. 그런데 마음의 소리가 들려왔다. '보람아, 다시 생각해봐. 네가 저 슈퍼푸드 중에서 자주 먹는 게 있어?' 아니, 없어. 토마토도 설탕 안 뿌리면 잘 안 먹어. 내가 채소를 좋아하는 애도 아니고 그냥 고기를 적당히 먹으면서 줄여 나가는 방법에 대해서 다시 생각해볼까? 고기를 적당히 줄여 나간다라? 음, 고기가 그게 되나. 고기는 맛있는 건데.

　　머리와 마음으로는 공장식 축산업의 폐해를 따질 수 있지만 혀의 생각은 다르다. 엄마가 김치 담글 때 무를 하나 썰어주면 그게 참 시원하고 달달해서 꼭 과일 먹는 것 같거든, 근데 그렇다고 내가 하나 더 달라고는 안 해. 하나 먹고 끝이야. 그걸 게걸스럽게 허겁지겁 먹지도 않아. 하지만 삼겹살은 "여기 삼겹살 2인분 추가요." 하면서 배가 불러도 추가 주문까지 해서 많이 먹을 수 있어. 돈이 없어서 못 먹을 뿐. 치킨은 1인 1닭이 기본 아닌가. 피자 한 판 우스운 거 아니냐고. (눈치를 보며) 나만 그래? 그리고 여기저기 고기 성분 안 들어간 음식이 없어서 의식하고 먹지 않으면 고기는 과다하게 섭취하게 된다고. 결심한 이상 고기는 입에 안 대는 것이 맞아. 소, 돼지, 닭을 끊고 단백질은 식물성 식품에서 섭취하는 걸로.

　모든 식물성 식품이 무작정 몸에 이로운 것은 아니다. 곡류에는 우리가 피해야 할 글루텐도 포함되어 있고, 감자 싹에 독성물질이 있어서 도려내듯이 독성물질이 포함되어 있는 식물은 알맞은 방법으로 조리해 먹어야 한다. 예를 들면 콩은 꼭 오랜 시간 불려서 익히고, 푸른 토마토, 생아몬드는 가열해서 먹어야 한다. 제대로 잘 먹으려면 공부가 필요하다. 잘못된 정보도 가려내야 하고 나에게 맞는 식단인지도 신중하게 살펴봐야 한다. 나 역시 여러 전문 건강 서적을 보면서 공부 중이다. 뿐만 아니라 식물 재배도 대량생산을 위해 병충해에 강하게 유전자를 변형하는데 콩, 옥수수 등의 유전자 변형 식품(GMO)이 우리 몸에 어떤 영향을 주는지 부작용이나 안전성에 대해 아직 명확하게 밝혀진 바가 없다. 평생 유전자 변형 식품을 먹고 산 소를 우리는 고기로 먹고 있는 거고. 유전자 변형 식품으로 만든 식용유가 많아서 NON-GMO 식용유를 골라서 사는 사람들도 있다. 그리고 잔류농약, 중금속 오염도 당연히 유해물질이다. 농약 사용으로 논과 밭이 생물이 살 수 없는 땅으로 변하고 있다고 한다. 인간이 괴롭히고 있는 동물과 자연이 불쌍하지만 아무것도 마음 놓고 먹을 수 없는 인간들도 불쌍하다.

유기농으로 혹은 농약 재배이지만 잘 씻어서 골고루 건강하게 식물성 위주로 식사를 꾸준히 한다고 해도 나를 건강하게 만들어 줄지는 확신할 수 없다. 건강을 위협하는 건 음식 말고도 많으니까. 유전적인 요소나 체질, 수면, 스트레스, 음주, 환경적인 요인도 복합적으로 작용한다. 발암물질이 가공육에만 있는 것이 아니다. 흡연, 미세먼지, 심지어 야간에 일하는 것도 발암 분류로 들어가 있다.[30] 장기간 채식을 고수한 채식인들 중 더 건강해진 사람도 있고 부작용으로 식단을 바꾸는 경우도 있어 본인의 체질을 잘 살펴봐야 한다.

알면 알수록 애매하고 따질 게 많아지는데 그럼에도 굳이 채식을 고집하려는 이유는 공장식 축산이 개선되어야 하는 것은 명명백백하니까. 일단 1년만 해보자. 몸에 이상이 감지되면 그때 식단을 다시 고민해 봐도 된다.

영양제를 먹으라고요?

또래들 중 영양제를 안 먹는 친구가 없다. 40대가 된 친구들이 비타민 D, 오메가-3, 유산균은 꼭 챙겨 먹어야 한다고 했다. 영양제만 한 주먹을 먹는 친구는 지금은 괜찮을지 몰라도 더 나이 먹으면 후회할 수 있다며 영양제를 권했다.

난 밥이 보약임을 믿는 사람이다. 지금껏 살면서 아침밥을 거른 적이 거의 없고, 머리만 대면 잘 자는 놈이니 영양제가 필요없다고 생각했다. 게다가 타고나기도 건강하게 태어났으니까. 스트레스 많이 받고 불규칙한 식사를 하는 사람들은 영양제가 필요하겠지만 나는 여기에 영양제까지 먹으면 영양과다가 될 것 같았다. 그리고 남은 약은 쓰레기통에 버릴 수도 없고 약국에 가져가야 하는데 그런 번거로움을 만들기도 싫었다. 그리고 그런 사람 있지 않나, 알약 못 먹는 사람. 그게 나였다. (과거형입니다. 현재는 꿀꺽 잘 먹습니다.) 아스피린도 숟가락에 개어 먹어야 했고 알약은 캡슐이 흐물흐물해지도록 입에 머금고 넘기지 못하던 기억이 있어서 나는 약이 싫다. 유치원 때 손오공이 그려진 씹어먹는 영양제가 있었는데 과자처럼 새콤달콤할 것 같아서 엄마한테 사달라고 조른 적이 있다. 하지만 먹지 않았다, 엄마가 안 사줬으니까. 손오공 영양제 없이도 난 잘 자랐고 지금도 건강하다. 내가 뭐가 부족한지도 모른 채 필요하다는 영양제를 하나씩 추가하다 보면 영양제 한 주먹 금방 되겠지. 약에 의존하기 시작하면 한도 끝도 없겠지.

이런 이유들로 영양제 없이 살고 있는데 단 하나 루테인 영양제는 먹고 있다. 눈에 좋다는 당근을 일단 내가 싫어하고 하루 종일 모니터와 스마트폰을 들여다보고 있으니 시력이 안 좋아지는 게 바로 느껴졌다. 루테인 영양제를 사다 놓긴 했는데 먹는 날만 먹고 까먹은 날은 안 먹고 있어서 딱히 챙겨 먹는다고 할 수는 없다.

동물성 식품을 전혀 섭취하지 않는 완전 채식을 할 경우 부족해질 수 있다고 염려하는 영양소들로 주로 비타민 D, 철분, 아연, 칼슘, 비타민 B12가 거론된다.[31] 하지만 단백질을 콩에서 얻을 수 있듯이 이 영양소들 역시 다른 식물성 재료를 통해 얻을 수 있다. 비타민 D는 버섯에 많다. 철분은 시금치에, 아연은 견과류와 씨앗에 많고 칼슘은 케일, 브로콜리, 대두, 아몬드로 보충 가능하다. 내가 평소에 버섯, 견과류, 케일 이런 걸 안 먹어서 그렇지, 신경 써서 먹으면 영양소가 부족할 리 없다. 그런데 문제는 비타민 B12. 유독 비타민 B12에 대한 갑론을박이 많았다. 비타민 B12의 경우 명확하게 함유된 식품이 나오지 않았다. 인터넷 지식백과를 찾아보니 동물성 식품을 통해서만 섭취가 가능하다고 나와 있다. 나는 생선류, 우유, 달걀을 먹을 테니 상관은 없지만 이 세 가지도 조금씩 줄여갈 예정이라 이놈의 비타민 B12가 부족해질까 걱정되기 시작했다. 왜? 내 몸은 소중하니까. 채식 관련 책에 빠지지 않고 비타민 B12가 언급되는데 영양제를 권하는 사람들도 있었다. 흠… 난 영양제 먹고 싶지 않은데. 약이랑 안 친한 나한테 굳이 영양제를 먹으라니. 완전 채식이 될 때 다시 고민해 보기로 하고 일단 보류 상태였다.

어느 날 콩으로 만든 대체육 패티를 사서 프라이팬에 구웠다. 굽는 동안 패키지에 인쇄된 영양성분표를 보는데 비타민 B12 함유가 눈에 띄었다. 왜 굳이 영양강화제를 넣었을까. 정말 강화해서 먹어야 할 정도로 결핍되기 쉬운 영양소인가 싶어 불안해졌다. 도대체 비타민 B12가 뭔 놈이고 몸에서 어떻게 작용하고 부족하면 어떻게 되는 걸까 싶어 찾아보았다.

비타민 B12란 정상적인 엽산 대사에 필요한 비타민으로 결핍 시 빈혈 증상과 신경장애 증세가 나타날 수 있다. 창백함, 피로, 숨 가쁨, 운동 능력 감소 등의 증세가 나타난다. 비타민 B12가 부족해서 신경계가 손상되면 회복되기가 어렵다.[32] 회복이 어렵다는 말에 덜컥 겁이 났다. 이거 놓치고 가면 안 되는 것 아닌가. 채식하는 스포츠인들을 취재한 다큐 〈더 게임 체인저스〉를 뒤늦게 보았는데 역시나 비타민 B12 영양제를 챙겨 먹으라고 나오는 것이 아닌가. 그러다가 김에 비타민 B12가 함유되었다는 걸 알게 됐다. 서양에서는 김을 잘 먹지 않으니 영양제로 섭취하라고 권장하고 있었던 것. 오! 나 김 자주 먹는데 김을 먹으면 되겠군. 안심했는데 김은 흡수율이 떨어진단다. 그러면서 발효 콩에 함유되어 있다며 인도네시아의 발효 콩, 템페를 추천한다. 오! 나 템페 종종 먹는데 템페를 먹으면 되겠군. 다시 안심했는데 공장에서 만든 템페는 제외란다. 에라이, 내가 그냥 영양제 먹고 만다, 먹고 말아!

나 자신과 타협을 본 게 비타민 B12와 루테인이 같이 함유되어 있는 영양제를 먹는 것이었다. 그러면 한 알로 다 해결되니까. 그래서 루테인과 비타민 B12를 같이 검색해 보았다. 결과 페이지를 보고 나는 그만 실소가 터지고 말았다. 상위에 뜬 약은 다름 아닌 현재 내가 먹고 있는 루테인 영양제였다. 이미 난 비타민 B12를 먹고 있었던 것이다. 수납장에 있는 약통을 꺼내 확인해 보니 루테인 외에도 비타민 B12를 포함한 비타민 7종, 아연, 구리 등의 미네랄 4종이 포함되어 있었다. 이 영양제가 가장 저렴해서 고른 거였는데 별별 게 다 들어 있네. 나 왜 그렇게 고민한 거야?

어쨌든 해결 아닌 해결이 되었으니 집에 있는 루테인 영양제를 빠짐없이 1일 1회 복용하기로 했다. 얼마 후 지인에게서 받은 밀크씨슬 영양제에도 이 비타민이 포함되어 있었다. 혹시 비타민 B12가 부족할까 걱정

되는 채식인이 있다면 기존에 먹던 영양제를 살펴보자.
의외로 쉽게 고민 해결이 될지도 모를 일이다.

채식이 '유행'이고 '열풍'이라고?

　나는 소심한 사람인데 김밥집에 가서 김밥의 햄을 빼 달라고 말할 수 있을까? 식당에 가서 밥을 시키면서 이 찌개를 육수로 만들었냐고 물어볼 수 있을까? 이런 질문들이 채식한다고 유난 떠는 걸로 보이지 않을까? 채식을 결심했을 때 그런 걱정도 했는데 쓸데없는 걱정이었다. 요즘은 비건이 유행이라고 할 만큼 채식 독려 분위기의 사회니까.

　서울시 사이트에서 제공하는 '채식 음식점 현황'을 보면 비건 옵션이 있거나 비건을 메인으로 하는 식당이 참 많아지고 있다는 걸 알 수 있다. 나도 약속을 잡는 동네마다 찾아보면 한두 군데씩 비건 식당이 있다. 맛도 좋아서 친구도 나도 모두 만족할 만한 식사를 하고 나온다. 번화하지 않은 우리 동네에도 인도식 비건 식당이 있다. 카레와 템페조림 등을 맛볼 수 있고 종종 쿠킹클래스도 열린다. 햄버거 프랜차이즈에서도 앞다투어 대체육 버거를 출시하였고 편의점에서도 채식인을 위한 도시락을 선보였다. 대형마트에도 채식 코너가 별도로 생겨서 비건 식품을 판매했다. 채식 식품과 비건 제품을 판매하는 전용 온라인몰도 있다. 책방 근처에 비건 칵테일바도 오픈했다. 비건페스티벌까지 있는 걸 보면 채식주의자가 많아지고 있고 비건이 유행이 맞긴 맞나보다.

오랜만에 예전 회사 팀장님을 여의도에서 만나기로 한 날, 몸보신시켜 주겠다는 문자가 왔다. 팀장님과 회사를 같이 다닐 때는 주로 회식 때 고기를 먹었다. 삼겹살을 바짝 익혀 먹는 사람들과 달리 우리는 비계에 기름이 뚝뚝 떨어질 정도로 레어와 미디움 사이로 구워진 삼겹살을 좋아했다. 그런 공통점이 있으니 팀장님은 이번에도 고기를 사주겠지 싶어서 미리 "저는 소, 돼지, 닭을 먹지 않아요." 답장을 보냈다. 바로 답 문자가 왔다.

"그럼 뭘 먹자는 거야?"

따지듯이 되묻는 건 아니었지만 할 말이 없었다. 나는 팀장님을 만나서 뭘 먹으려고 했던 걸까. 파스타를 먹을 것도 아니고 비건 식당을 가는 것도 어울리지 않았고 여의도에서 치킨집도 아니요, 고깃집도 아닌 채식 옵션이 있는 식당을 찾기란 어려울 것 같았다. "회?"라고 농담처럼 대답했지만 둘 다 물고기 식성도 아니었거니와 내가 페스코 베지테리언이 아니었다면 그조차도 선택지가 없었다. 채소김밥 먹자고 할 수도 없고 샐러드 먹자고도 할 수 없으니 그날은 중국집에 가서 칠리새우를 시켜 먹었다.

칠리새우를 집어먹으며 팀장님 회사에는 채식하는 직원이 없냐고 물으니 본인 부서에는 없고 옆 부서 직원이 채식을 하는 것 같다고 했다. 그럼 그 직원은 뭘 먹을까. 점심 때는? 회식 때는? 그 직원의 얼굴도 나이도 아무것도 모르면서 혼자 도시락을 싸와 밥을 먹는 모습을 상상했다. 기억을 더듬어보니 20대에 다녔던 회사의 남자 선배가 채식인이었다. 키가 크고 삐쩍 마른 체격이었는데 족발을 시키면 옆에서 쟁반국수를 먹고,

워크숍 가서 고기를 구우면 버섯 주워 먹고…. 그 선배에 대한 기억이 거의 없는데 이렇게 식성만 기억나는 걸 보면 남자라면 으레 고기를 더 좋아할 것 같은데 고기를 먹지 않는 게 특이하다고 느꼈기 때문이다.

내가 채식을 해도 별나게 튀지 않는다 느낀 건 비건이 유행이라서가 아니라 단체 식사를 하지 않아도 되는 1인 사업자이고 집에서도 남 눈치 안 보고 혼자 밥을 해 먹으면 되기 때문이란 걸 그날 깨달았다. 채식인들이 붐처럼 많아진다고 해도 아직 소수의 문화이다. 2018년 기준 채식인은 150만 명으로 겨우 3퍼센트 수준이다. 내 주변에 채식인과 채식 문화를 이해하는 젊은 친구들이 많아서, 채식이 유행이고 열풍인 줄 알았다. 그래서 3퍼센트가 3o퍼센트는 되는 양 느껴졌던 것이다. 비건 식당이 동네마다 있다고 하지만 고기를 파는 집이 대다수이다. 대형마트에 채식 코너가 있긴 하지만 그 앞에서 물건을 고르는 사람을 난 아직까지 한 명도 본 적이 없다. 나만 사, 나만. 솔직히 내 입맛에도 안 맞거든. 그래도 꾸준히 사려고 한다. 그래야 더 많은 채식 식품이 개발될 테니까.

하루는 친구랑 처음 방문하는 비건 식당에 가서 밥

을 먹었다. 메뉴판을 보니 김밥이 6천 원, 떡볶이는 1만 원 돈이었다. 좋은 재료니까 비싸겠지 하며 주문을 했는데 좋은 재료일지는 몰라도 양이 적었고 맛도 없었다. 아니 지금까지 가본 비건 식당은 다 맛있었는데 이게 무슨 일이야. 친구와 둘이 아무 말 없이 눈빛을 주고받으며 몇 개 집어먹고 나왔다. 나오자마자,

"아니 양이 왜 이렇게 적어?"

"아니 뭐가 이리 슴슴해. 아무 맛도 안 나."

"배도 허한데 우리 다른 데 가서 밥 좀 먹을까?"

"아! 햄버거 먹고 싶어! 기름진 거 먹고 싶어!"

맛있는 비건 식당, 맛없는 비건 식당도 모두 체험해보고 직장인이라면 채식이 힘들다는 것도 깨달으며, 그리고 나 정도면 채식하기 좋은 환경이라는 것도 알게 되며 1년을 보내고 채식 2년차에 접어들었다.

고기에 입을 대고 말았습니다

동네 버스 정류장에 내려 집으로 걸어가는 길이 채 10분이 되지 않는데 그 짧은 시간에 다양한 고깃집을 만난다. 삼겹살집이 둘, 닭강정집이 하나, 치킨집이 넷, 양꼬치집 하나, 피자집 하나, 짬뽕/탕수육을 간판에 내건 집이 또 하나. 고기를 메인으로 파는 집이 중국집 빼고, 동태탕집 빼고, 전집 빼고, 빨간 조명이 켜진 정육점 빼고라도 10여 군데이다.

삼겹살에 소주 한 잔을 곁들이며 피곤한 하루를 마감하는 사람들도 보이고 아이를 데리고 나와 치킨을 먹이는 알콩달콩 3인 가족도 보인다. 고기 냄새, 사람 사는 냄새, 밤공기가 한데 섞여 있는 이런 풍경은 내가 좋아하는 도시의 모습 중 하나라서 나도 어딘가에 자리를 마련해 앉아 하루의 고단함을 풀고 싶다는 생각을 하고 는 한다. 하지만 그게 고기를 먹고 싶다는 말은 아니다. 고기를 안 먹는다고 생각하니 신기하게도 그다지 먹고 싶은 생각이 들지 않았다. 고비가 없었던 건 아니다. 채식을 시작한 후 첫 번째 고비는 채식 시작 한 달 후인 추석 연휴 때 찾아왔다.

명절 음식의 대표격은 송편이지만 송편은 간식일 뿐 메인은 갈비찜과 동그랑땡이다. 나는 이모가 만든 갈비찜을 좋아했다. 견과류가 들어가 고소했고 푹 익힌 갈빗살이 부드러워서 이모네에서 갈비를 한가득 먹고 도 집에 싸와서 또 바로 데워 먹을 정도로 좋아하는 고기였다. 그 명절날에도 내가 좋아하는 견과류 갈비찜이 눈앞에 산처럼 쌓여 있었다. 젓가락으로 집으면 다 내 것이었지만 꾹 참고 먹지 않았다. 일가친척이 모인 자리, 대형 밥상 끄트머리에 앉아 있던 나는 고기와 잡채 그릇을 피해 나물을 집어먹고, 동그랑땡을 걷어내고 그 밑에 깔린 동태전을 먹고 있었는데 이모가 눈치를 채고 왜 고기를 먹지 않냐고 물었다. 나 대신 오빠가 대답했다.

"보람이 고기 안 먹는대요."

"고기를 왜 안 먹어."

"살 뺀대요."

"살 빼려고 하는 건 아닌데요. 이모! 아부지! 어머니! 언니! 오빠! 고기가 어떻게 축산되고 있는지 아세요? 정말 그걸 알고도 이렇게 고기를 드실 수 있겠어요? 다들 살면서 정 주었던 강아지 한 마리씩 있잖아요, 그 작은 생명을 생각해 봐요. 그리고 문제는 동물권뿐만이 아니에요."

라고 속으로 말했다. 난 어렸을 때부터 이 집안의 조용하고 말없는 아이였다. 스무 살 때 이모들이랑 4박 5일 중국 여행을 갔는데 마지막 날에 "이모" 하고 불렀더니 "어머, 보람이도 여행 왔었니?" 하고 놀림을 받았던 그런 아이였다. 나이가 마흔이 넘었는데도 60대 이모들한테 난 아직도 어린이다. 내 덩치를 보고 이모들이 이해한다는 듯 "아~" 하며 나에게 집중된 시선이 분산되는 걸 느끼면서 '그래, 살이 빠지진 않지만 살 빼려고 하는 걸로 하자'며 해명(?)을 포기했다. 누군가가 내 밥공기 위에 고기 한 점을 얹었다.

"보람아 이거 고기 아니야! 먹어 쫌!"

고기를 고기라고 하지 않는 말에 웃음이 났다. 어린 시절 전쟁을 겪고 보릿고개를 견뎌야 했던 배고픈 세대이며 고기 선물을 주고받는 게 최고의 미덕인 이 세대들에게 무슨 말을 할 수 있을까. 고개를 끄덕이며 고기를 먹는 척 입술에 댔다가 빼는 게 내가 할 수 있는 최선이었다. 몇 달 후 설날 연휴에도 내가 채식인인 걸 기억해 주는 사람은 없는 듯했고 고기만두가 가득한 만둣국을 대접받았다. 또 밥상 끄트머리에 앉아서 나는 조용히 엄마 그릇에 만두를 모두 옮겨 담았다.

그렇게 나름 열심히 방어를 하며 고기를 먹지 않고 1년 4개월이 지났을 때 고기를 입에 대는 사건이 발생한다. 그냥 입술에 대고 떼는 정도가 아니고 아주 게걸스럽게 정신 줄을 놓고 우걱우걱 고기를 뜯어 먹게 되는 게걸 사건. 때는 작년 12월 마지막 날, 장소는 병원 입원실. 아빠의 보호자로 병원에서 지냈을 때에 발생한 사건이다.

아빠가 신장암 수술로 병원에 입원을 했고 시간을 자유롭게 뺄 수 있는 자식 놈은 셋 중에 자영업하는 막내딸밖에 없어서 나는 11일간 아빠의 간병을 도맡게 되었다. 코로나19 때문에 외출도 면회도 되지 않아 아픈 아빠를 오롯이 내가 다 책임져야 했다. 아빠는 고집불통 성격에 난청이어서 의사소통이 쉽지 않다. 같은 말을 두 번 세 번 반복해야 한다. 네 번을 말해도 못 알아들을 때도 많다. 쉽지 않은 시간이었다. 내가 힘들어하자 옆 환자의 간병인 아주머니가, 보통 자식들이 아버지들 간병 맡길 때 "우리 아버지가 좀 유별나세요."란 말을 많이들 하는데 막상 지내다보면 유별나지 않단다. 가족이 간병인일 때 자기 아프다고 더 어리광을 부리는 거라며 나를 위로했다. 어리광이요? 어리광 두 번 부렸다가는 막내딸 죽겠네요.

아빠 병원식에 보호자식을 추가로 하나 더 신청해서 하루 세 끼 침대 테이블에 같이 식판을 놓고 아빠와 마주 보고서 밥을 먹었다. 김치를 포함한 밑반찬 세 가지, 국 그리고 큰 접시에 메인 메뉴가 나왔는데 메인 메뉴는 주로 생선 아니면 고기였다. 생선은 먹었지만 고기가 나오면 젓가락을 대지 않았다. 문제의 계결 사건은 입원 후 사흘이 지난 날 발생했다.

사건 배경을 좀 설명하자면 우선 난 지쳐 있었다.

젓가락이 침대 밑으로 떨어져도 주울 기운이 없을 정도로. 숟가락으로 밥을 뜨는 둥 마는 둥 짝 잃은 젓가락 하나로 브로콜리두부를 찍는 둥 마는 둥 하고 있었는데 아빠는 나보고 메인 메뉴로 나온 탕수육을 왜 안 먹느냐며 인상을 찌푸렸다. 아빠는 말할 때 인상을 찌푸리는 버릇이 있는데 난 그게 싫다. 나도 같이 인상을 쓰게 된다. "안 먹어요. 아빠 많이 드세요."라고 대꾸할 힘이 없어서, 탕수육 소스 속 목이버섯을 젓가락으로 찍어 먹으려고 콕 찔렀는데 밑에 작은 탕수육이 딸려왔다. 에라, 모르겠다. 입속으로 쑤욱 넣고 씹었는데, 오! 마이! 갓! 기운 없던 내 두 눈이 번쩍 뜨였다. 입안에서 불꽃 축제가 벌어졌다. 이것은 그냥 고기가 아니었다. 바로 힘든 시간을 보상받는 맛이었다.

　지금까지 먹는 둥 마는 둥 하던 브로콜리두부는 거들떠보지도 않고 탕수육을 게 눈 감추듯이 게걸스럽게 다 먹어치웠다. 맨손으로 덤비지 않고 숟가락을 사용한 게 용할 정도였다. 배 속에 거지가 들었어도 그렇게 게걸스럽게 먹지 못했을 것이다. 아빠의 표정을 살펴보진 못했지만 이런 나를 보고 '여보, 무서워. 막내가 이상해.'라고 생각했을지도 모른다. 이것이 바로 이보람 채식 1년 4개월에 발생한 게걸 사건. 그 후로 식사 시간이 기다려졌다. 힘든 병원 생활에서의 유일한 낙이었다. 이때만 먹자! 지금까지 1년 넘게 잘 참았잖아. 병원에 있을 때만 좀 먹자고. 고기도 맘 놓고 못 먹으면 병원 생활을 못 견딜지도 몰라. 나 병원에서 뛰쳐나가면 누가 아빠 책임질 건데. 내가 나를 협박했다.

이성의 끈을 다시 잡은 건 역시 고양이 때문이었다. 휴게실을 지나가는데 할머니 두 분의 대화 속에 '고양이 고기'라는 단어가 튀어나왔다. 고양이 고기라면 아플 때 민간요법으로 고아 먹었다는 그 나비탕? 병원에서 생명이 오가는 환자들과 지내다 보니 몸을 낮게 해준다면 뭔들 못 먹겠나 이해를 못 하는 것도 아니지만, 효능 좋은 약이 차고 넘치는 세상에 아직도 고양이를 먹는단 말인가. 다시 돌아가 할머니들에게 고양이는 고기가 아니라고 소리치고 싶었다. 그런데 할머니들이 "너도 소, 돼지, 닭 계속 먹던데?" 반박하면 할 말이 없었다. 생명이 오가는 순간도 아니고 그저 힘들다는 이유 하나로 내가 너무 고기를 즐기고 있다는 생각이 들었다.

정신 차려 이보람! 바로 간호사에게 가서 채식 식

단이 있는지 물었다. 일하느라 바빠 죽겠는데 얘는 뭔 소리를 하는 건가 하는 눈빛으로 날 바라봤다. 영양식은 있지만 채식 식단은 없다고 했다. 생각해보니 아빠가 입원할 당시 못 먹는 음식과 알레르기 있는 음식이 무엇인지 체크를 해갔다. 환자의 식단이라면 어필할 수 있지만 보호자가 식단을 맞춰 달라고 할 수가 없었다. 김밥집에 가서 햄 빼 달라는 말도 못 하는 내가 어떻게? 차선책을 찾았다. 내일 먹을 식사를 A, B 메뉴 중에 하나로 미리 선택할 수 있었는데 식단을 보고 되도록 고기가 덜한 쪽으로 선택했다. 돈가스 대신 삼치구이, 삼계죽 대신 황태순두부찌개…. 1년 반도 안 돼서 고비가 왔지만 그렇게 다시 정신을 차렸다.

병원에서뿐만 아니라 학교, 군대 등 우리가 메뉴를 선택할 수 없는 공공급식에서는 채식을 유지하기 매우 어려워진다. 하지만 다행히도 기후 위기 문제와 맞물려 획일적인 공공급식에 다양한 채식 옵션을 확대해야 한다는 논의가 여러 곳에서 계속 진행 중이다. 일부 초중고 학교에서는 급식에 채식 옵션을 제공하고 있다.[33] 국방부에서도 채식인과 무슬림 병사를 위해 채식 급식 도입을 검토 중이라고 한다.[34] 내가 군대나 학교를 다시

갈 일도 없고 나를 포함 우리 가족이 병원에 입원하는
일이 다시 일어나지 않기를 바라므로 공공급식 채식 옵
션이 나와 아주 큰 연관은 없다고 생각하지만 채식인의
문화를 존중받는 것 같아 이런 소식들이 반갑다.

3 ─ 아무도 죽이지 않는 밥상

3분이면 아침밥 완성하던 시절

　요리를 못한다. 일단 하려는 의지가 없고 할 필요도 없었다. 내가 고 3때부터 엄마가 밥집을 하셨는데 거기서 반찬을 가져다 먹으니 밥만 할 줄 알면 되었다. 엄마 밥집에서 나물류, 김치를 가져오고 종종 소시지 반찬과 떡볶이도 가져왔다. 엄마가 돈가스집을 할 때는 소고기 민찌가스를 너무 먹어서 질린 나머지 한동안 소고기를 못 먹을 정도였고, 굴국밥집을 할 때는 굴전을 간식 먹듯이 주워 먹었다. 겨울에는 굴보쌈이, 한여름에는 삼계탕이 내 간식이었다.

　고기반찬과 먹거리가 그렇게 풍족했는데 어느 날 식량 공급이 중단되었다. 엄마가 밥집을 정리했기 때문이다. 그래서 요리를 시작했느냐? 아니. 편의점만 가도 맛 좋고 간편한 반조리 식품과 인스턴트 식품이 가득한 시대라 굳이 요리를 하지 않아도 끼니를 거르지 않았다. 뜨거운 물에 데우기만 하면 짜장밥과 카레덮밥을 먹을 수 있고 칼국수, 수제비, 냉동 돈가스, 냉동 볶음밥 등 요리를 못해도 가열만 하면 다양한 식사를 할 수 있었다. 계속 인스턴트 식품만 먹으면 건강에 안 좋으니까 가끔 달걀프라이도 하고 햄도 볶고 김치볶음밥 정도는 해주었다. 간경변을 앓는 엄마를 위해 저염식 반찬을 만들겠다고 까불던 때가 있었는데 나물 몇 개 조물거리다 맛이 없어서 요리를 포기했다. 저염식 반찬도 조리된 걸 사면 되니까.

집 앞에 브런치 가게와 수제 버거집이 있던 연남동에서 은평구 주택가로 이사를 온 뒤 집밥에 변화가 생겼다. 연남동과 다르게 은평구 동네에는 반찬 가게가 많았기 때문이다. 동네 초입에 위치한 반찬 가게의 반찬들이 내 입맛에 맞아서 자주 사다 먹게 되었다. 게다가 책방 끝내고 9시 넘어 퇴근길에 들르면 반찬류를 반값에 할인해서 시금치, 도라지 같은 나물 반찬을 단돈 1천 원에 살 수 있었다. 가장 좋아한 반찬은 진미채볶

음. 이거 하나면 밥 두 공기도 먹을 수 있다. 이만한 밥
도둑이 없다. 김치도 소량씩 사다 먹었다. 어느 날은 배
추김치, 어느 날은 파김치, 어느 날은 총각무. 소고기무
국, 고추장찌개, 우렁된장찌개, 순두부청국장, 미역국,
육개장, 부대찌개 등 요일마다 국 종류를 달리하여 팔
았는데 내가 가장 좋아한 국은 소고기무국. 냄비에 부
어 놓으면 2-3일은 뜨끈한 국물에 밥을 말아 먹을 수
있었다.

채식을 시작한 후 소고기무국처럼 고기가 들어간
국물은 사지 못했다. 주로 나물류를 샀다. 5천 원어치만
사면 며칠을 반찬 걱정 없이 보냈다. 나물비빔밥에 달
걀프라이 반숙을 올리면 세상 제일 맛있는 식사가 되었
다. 나물이 쉴 것 같으면 부침개 반죽에 잘라 넣어 전으
로 부쳐서 먹었다. 한동안 부침개는 나의 주식이었다.
눈에 보이는 건 다 부쳐 먹었다. 기름 자글자글한 프라
이팬에 부쳐서 먹었는데 나중에는 달달한 튀김 간장도
따로 사서 먹을 정도로 부침개 사랑에 빠졌다. 김치전
은 최고고 배추전도 맛있고 파전도 맛나고 감자전은 쫄
깃하고 양배추전에는 데리야키소스와 마요네즈를 뿌려
오코노미야키처럼 먹었다. 부추에 바지락을 다져서 넣

으면 부침개의 킹이 되었다. 부침개 중에 최고 맛있는 게 바지락부추전이다. 퇴근길에 부추를 한 단씩 사와서 쟁여두었다. 반찬류가 없는 날은 인스턴트 사골곰탕에 떡을 넣어 먹었는데 채식을 시작한 후부터는 사골 대신에 인스턴트 황탯국을 사서 먹었다. 그렇게 반조리 식품을 사다 먹다가 어느 날 나는 재료를 사서 요리를 시작하게 된다.

1단계, 육고기 줄이기

책방에서 비건 레시피 책을 찾는 손님들이 하나둘 늘기 시작했다. 다들 채식을 시작했는데 사 먹는 건 한계가 있으니 요리를 시작하려고 하지만, 뭘 만들어야 할지 막막한 모양이다. 나 역시 막막했다. 얼레벌레 흉내라도 내보자며 아침에 일어나 싱크대 앞에 서긴 서는데 뭘 어떻게 만들어야 하지?

내가 채식에 잘 맞는다고 생각한 좋은 환경 요인 중 하나가 책방 오픈 시간이 3시라는 점이다. 느지막한 출근 덕분에 집에서 오후 2시까지 자유 시간을 가질 수 있다. 오전 7시에 일어난다면 나에게 아침 시간이 무려 7시간이나 있는 것이다. 요리를 두 번, 세 번 하고도 남을 시간이었다. 그래서 아침에 일어나 머리는 까치집을 하고 잠옷을 입은 채로 싱크대 앞에 섰다. 그런데 요리의 '요' 자도 모르니 무엇부터 손대야 할지 몰랐다. 진미채의 저 찐득한 양념은 도대체 어떻게 만드는 것이며, 미역국의 저 슴슴한 맑은 국물은 어떻게 내는 것인지, 잡채의 저 브라운색 당면은 도대체 뭘로 물들이는 건지 감도 잡을 수 없었다.

일단 내가 아는 맛부터 시작해 보았다. 인터넷에 대충 검색해서 가장 만만한 참치김치찌개 레시피를 보고 찌개를 끓였다. 김치를 참기름에 볶은 후 김치 국물과 멸치와 다시마 우린 물을 붓고 참치를 넣으면 끝. 된장찌개도 끓였다. 내가 원래 된장찌개는 종종 끓였었다. 그것도 고등학교 때부터. 어느 날 된장에 스팸을 넣어 보니 된장 물에 빠진 스팸의 맛이 기가 막혀서 그 이후로 혼자 감자 썰고 양파 썰고 된장 풀고 스팸 넉넉히 넣어서 스팸된장찌개를 끓여 먹었다. 대학교 엠티 때 내가 스팸된장찌개를 끓이니 다들 그게 뭔 맛이냐고 된장에는 차돌박이나 조개가 들어가야 한다고 인상을 쓰더니 스팸을 건져 먹고는 맛이 괜찮은지 불만 없이 다 먹었던 기억이 있다. 스팸을 빼고 된장을 끓여 보았다. 그래, 스팸 맛이 그립긴 하지만 나쁘지 않았다. 볶음밥도 했다. 김치볶음밥의 화룡점정은 역시 달걀프라이. 다음에는 새우볶음밥. 새우와 달걀을 같이 볶다가 굴소스를 첨가하니 제법 중국집에서 먹던 볶음밥 맛이 났다.

또 무얼 만들어 먹을까 고민하였지만 채식에 어떤 요리들이 있는지 굳이 찾아보진 않았다. 곰곰이 생각해 보니 그동안 페스코 베지테리언에게 맞는 채식 요리를 참 많이 먹었구나 싶을 정도로 떠오르는 게 많았다. 가장 먼저 떠오른 건 엄마 밥집에서의 반찬들. 하루에 다섯 가지 반찬이 기본으로 나왔는데 기억에 남는 건 어묵볶음, 두부조림, 들깨무나물볶음과 오이냉국. 20년 전 엄마의 김밥집에서는 우동과 콩나물밥, 감자샐러드와 우동, 양배추찜, 채소김밥이 떠올랐다. 김밥집에는 커다란 스테인리스 통이 항상 가스레인지 위에 올려져 있었는데 우동 국물을 내는 용도였다. 안에는 국물용 가다랑어와 무, 다시마 등이 망에 한가득 들어가 있었다. 그 국물이 갑자기 먹고 싶어서 시판용 쯔유를 샀다. 겨울에 우동사리를 삶아서 달걀을 넣고 우동을 해 먹고, 여름에는 메밀면을 삶아서 무를 갈아 넣어 쯔유 국물에 찍어 먹었다. 양배추도 사다가 삶았다. 고기를 좋아하던 시절에도 삶은 양배추와 쌈장만 있으면 맨밥도 맛있게 먹었다. 삶으면 양배추가 더 달달해졌다.

식당 메뉴는 아니었는데 주방장 아주머니가 자주 해주던 밥이 있다. 가지솥밥. 돌솥을 하나 사서 가지도 넣어 보고 당근도 넣어 보고 나물도 넣어 가며 나름 영양솥밥을 해 먹었다. 예전 추억의 그 맛이 나진 않았지만 김이 솔솔 나는 갓 지은 밥은 사람 속을 든든하게 만들었다.

술집에서 먹었던 안주들도 떠올려 보았다. 스무 살 이후부터 지금까지 술집에서 얼마나 많은 안주를 먹었던가. 그런데 안주 중에는 고기나 생선이 들어간 것들을 빼면 그다지 생각나는 게 없었다. 무조림, 부추달걀, 두부튀김 정도? 기본 안주로 나오던 짭짤한 삶은 완두콩? 파스타는 미나리나 고사리 넣은 걸 먹어본 적이 있다. 무조림은 고춧가루와 간장, 설탕을 넣고 졸이니 떡볶이 맛이 났다. 달걀부침개에 참치나 햄을 넣곤 했는데 그 대신 부추를 넣고 에그스크램블처럼 만드니 이것도 반찬으로 먹을 만했다. 아, 최근에 정말 맛있게 먹은 안주는 감자뢰스티였다. 감자가 라면땅처럼 얇게 꼬불꼬불 들어가 있었는데 식감도 맛도 좋았다. 그것도 만들어볼까 싶어서 레시피를 찾아보니 술집에서 먹은 것과는 좀 달랐다. 그 술집이 오픈 주방이니까 나중에 가게 되면 유심히 만드는 과정을 관찰해 볼 예정이다.

기억력을 더 끌어올려 어린 시절 부엌을 머릿속에 그려보았다. 할머니가 만들어주던 당면찌개, 엄마랑 같이 굽던 김, 밀가루로 만들던 핫케이크. 마음 몽글몽글하게 만드는 추억들을 되새기며 당면을 사와서 반은 어묵잡채를 만들고 반은 김치찌개에 넣어 먹었다. 파래김을 사와서 어린 시절 했던 것처럼 쇠숟가락에 참기름을 찍어 김 한장 한장에 기름을 바르고 소금을 뿌려 프라이팬에 살짝 구우니 바삭한 김 완성. 한동안은 김만 놓고도 밥을 잘 먹을 정도로 집에서 구운 김은 정말 맛있었다. 김에 비타민 B12도 들었다는데 매 밥상에 빠지지 않고 먹으면 좋겠지. 김은 종류에 따라 맛이 천지차이인데 우리 동네 슈퍼에서 파는 파래김이 특히 맛있다.

채식을 시작하기 전에는 책방 쉬는 날 냉동 삼겹살을 사다 먹는 삶을 살았지만 엄마랑 살던 때는 일요일 점심시간이 되면 별미로 엄마가 김치국수와 김치부침개를 해주었다. 오징어를 삶아주면 초고추장을 찍어 먹기도 하고. 마침 집에 소면이 있어서 찬장에서 면을 꺼냈다. 얼마 전에 불닭소스로 비빔국수를 해 먹고 남은 면이었다. 삶은 면에 김치를 넣고 참기름을 둘러서 먹으니 휴일처럼 심신이 나른해졌다. 양념이 자극적이지 않아 속이 쓰리지 않았고 슴슴한 맛이 좋았다. 3분 카레는 안 먹은 지 오래됐다. 예전 동교동 어느 카페에서 팔던 에비카레를 좋아했는데 그 연한 카레 색깔을 따라서 물에 고형카레를 풀고 우유나 크림을 첨가해서 먹었다. 새우를 넣지 않아도 부드러운 맛이 괜찮았다. 시금치나 콩나물은 살짝 데쳐서 간장이나 고춧가루에 무쳐 반찬통에 담아놓고 밑반찬으로 먹었다.

이제 진미채도 만들고 미역국도 만들고 잡채는 눈 깜짝할 사이에 만들 수 있다. 20퍼센트 정도 부족한 맛이 나는 게 흠이지만 하다 보면 요리 실력도 늘겠지. 요리에 재미를 붙인 것만으로도 일단 성공이다.

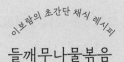

들깨무나물볶음

냉장고를 열어보니 무 반 토막이 있다. 반찬 하나 후딱 만들어볼까?
들깨무나물볶음은 5분이면 만드니까.

① 무를 채 썬다. 채소도 결대로 잘라
줘야 한다는데 그것까지 따질 겨를은
없다.

② 프라이팬에 들기름을 두르고 채
썬 무를 넣고 볶는다.

③ 볶는 동안 소금으로 간을 하고 들
러붙지 않게 물을 살짝 부어 투명해
질 때까지 계속 볶는다.

④ 물에 되직하게 개어 놓은 들깻가
루를 넣고 양념이 배도록 더 볶는다.

⑤ 반찬통에 넣고 통깨를 뿌려 마
무리.

무 자체가 달달하고 들깻가루가
고소해서 개인적으로 가장 좋아하는
반찬 중 하나이다. 밥을 몇 그릇씩
먹게 하는 반찬을 밥도둑이라고 하는데,
이건 밥도둑은 아니다.
밥은 뒷전으로 팽개쳐 놓고
무나물만 계속 집어먹게 되니까.

슬기로운 장보기 생활

　　퇴근길에 동네 슈퍼에 들러 부추나 두부, 된장 등을 사는 게 보통 나의 장보기였는데 채식 요리를 본격적으로 시작한 이후부터 대형마트에 가는 걸 즐기게 되었다. 마트의 채소 코너가 엄청 넓어서 다양한 채소를 접할 수 있었다. 샬롯, 솎음배추, 두릅, 방풍, 세발나물, 아욱, 루콜라, 로메인상추, 고추냉이잎, 브로콜리, 방울양배추, 적겨자잎, 씀바귀, 브로콜리니, 비타민, 카이피라, 아스파라거스, 펜넬, 스낵오이, 토란, 봄동, 근대, 콜라비… 이름들이 어쩜 이리 하나같이 이쁠까. 정말 채소가 다양하게 진열되어 있는데 솔직히 처음에는 다 똑같은 풀때기로 보였다. 그러다 하나둘 사와서 이런저런 걸 요리하다 보니 조금씩 친숙한 채소들이 생겼다.

브로콜리는 집에 가서 두부랑 같이 버무릴 거니까 하나 담고, 바질도 페스토 만들어 놓을 거니 한 봉지 담고, 대파도 사긴 사야 하는데 너무 커서 냉장고에서 썩어갈 게 뻔하니 파채로 대신 사고…. 동물원에 온 아이처럼 채식 코너를 천천히 돌며 하나하나 눈여겨보았다. 케일 잎은 커도 너무 컸다. 방울양배추는 너무 귀엽고. 우엉이 이렇게 생겼어? 긴 나뭇가지를 닮았는데 오래 전 나그네들처럼 끝에 보따리를 달고 어깨에 메도 될 정도로 길었다. 비트는 감자 같군! 내가 아는 비트는 "때가 쏘옥- 비트"밖에 없었는데. 우엉과 비트는 집에 가져가서 썰어보고 더 마음에 들었다. 비트의 새빨간 과즙이 이뻐서, 우엉을 생으로 좀 씹어 먹어 보니 인삼 맛이 나는 게 몸에 좋을 것 같아서. 김밥에 들어 있던 우엉이 원래 이런 맛이었구나.

요리를 시작하니 원재료의 생김새와 맛과 향을 알아가는 재미가 있다. 팥은 고를 때 너무 작은 알밖에 없어서 내가 알던 팥이 아닌 줄 알았는데, 삶아야만 알이 통통해진다는 것을 알았다. 브로콜리는 삶는 게 아니고 쪄야 한다는 것도 알게 됐다. 사온 채소들은 잔류 농약을 제거하기 위해 물에 한참 담가 놓았다가 헹궜다.

채식하면 으레 초록색 채소만 떠올렸는데 채소류 말고도 견과류, 향신료, 과일류, 곡물류, 해조류 등 살펴볼 코너가 많았고 오일과 양념 그리고 소면과 당면 같은 가공식품까지 살 게 많아진다. 채소와 과일 코너를 지나 가공품 코너에서는 고형 카레, 고추장, 소면을 샀다.

페스코 베지테리언 용어를 알려줬던 친구가, 식품 성분표를 보면 고기가 들어간 게 의외로 많다고 알려줘서 그때부터 성분표를 보기 시작했는데 여러 과자에도 소고기 성분이 들어가 있었다. 고형 카레에도 된장에도 고기 성분, 당면에는 게 성분, 내가 먹는 루테인 영양제에도 젤라틴을 만들기 위한 고기 성분이 함유되어 있다. 되도록이면 고기 성분이 없는 것으로 골랐다. 성분표를 보고 거를 수 있는 것들도 있지만 성분 표시가 되어 있지 않은 것들도 있다. 정제 설탕이나 와인, 치약과 같은 제품은 제조 과정에서 동물 유래 성분을 쓰기도 한다. 이러니 일일이 동물 성분이 들어간 제품을 100퍼센트 완벽하게 거를 수가 없다. 심지어 두유 음료에도 논비건이 있다고 한다. 김치도 젓갈이 들어가 있어서 페스토가 아닌 완전 채식일 경우 가려서 사야 한다. 시중에는 젓갈 알레르기가 있는 사람을 위한 김치를 따로 판매한다.

내가 자주 가는 대형마트에는 냉동식품 채식 코너가 별도로 있었다. 소시지, 패티, 너겟 등 콩고기로 만든 대체육들이 있고, 식물성 재료로 만든 볶음밥과 채식만두, 아이스크림이 진열되어 있다. 요거트 코너에는 코코넛으로 만든 요거트가 3가지 맛으로 출시되어 있었고. 일단 호기심 반, 응원하는 마음 반으로 사기는 하는데 내 입맛에 아주 맞지는 않다. 그래도 눈에 띄면 사려고 한다. 그래야 앞으로 더 맛있고 더 다양한 식물성 제품을 만날 수 있을 것 같아서.

온라인에서도 고기 아닌 고기, 마요네즈 아닌 마요네즈, 우유가 아닌 우유, 육포 아닌 육포, 치즈 아닌 치즈, 너겟 아닌 너겟 등을 주문한다. 만두는 부추달걀만두라는 게 있어서 종종 사 먹는다. 맛은 있지만 피가 두꺼운 게 개인적으로는 불호. 가끔 집에서 만두피를 사다가 잘게 자른 당면을 넣어 바삭하게 야끼만두를 굽는다. 당면을 김에 한 번 말고 라이스페이퍼로 또 한 번 말아서 기름에 튀기면 김말이가 된다. 떡볶이를 만들어서 야끼만두와 김말이를 떡볶이 국물에 찍어 먹는데 이 건 요리에 실패해도 기본 이상의 맛을 보장한다, 떡볶이니까.

장 보던 얘기로 다시 돌아가서, 주의할 점은 많이 사지 않는 것이다. 많이 사면 냉장고에 보관해도 금방 신선도가 떨어지고 상할 것 같아서 하나 만들 것을 두 개 만들게 되고, 또 만들어 놓은 게 상할까 봐 해치우듯이 먹다 보면 과식하게 된다. 싱싱했던 풀때기들이 시들시들해져서 견과류와 치즈 넣고 페스토로 만든 게 냉장고에 두 병이나 된다. 배가 고프지도 않고 파스타가 당기지도 않는데 그걸 해치워야 하니 파스타 면을 삶게 되는 것이다. 밥상에 치이는 기분이 들고, 냉장고를 보면 스트레스가 쌓이고, 내가 잔반처리반이 된 것 같고, 과식을 하게 되면 우울해진다. 그래서 되도록 소량 포장으로 산다. 양배추는 4분의 1토막, 무도 반토막짜리. 고른 영양 섭취를 위해 새로운 식자재에 도전하지만 한꺼번에 여러 개를 사지 않는다. 반찬류 만들 것 한두 가지만 살 것. 과식을 막기 위해 집에서 밥 먹을 때도 반찬과 국은 합쳐서 서너 가지만 놓고 먹을 것!

이번에는 마트에 가서 면역력 향상과 눈 건강에 좋

다는 케일을 샀다. 너무 큰 케일 말고 손바닥만 한 쌈케일을 사서 케일페스토를 만들었다. 필수아미노산이 풍부한 근대를 사서 근대된장국을 끓였다. 천연 항히스타민제라고 불리는 쑥갓은 사서 반은 우동에 올리고 반은 쑥갓무침을 했다. 철분이 많아서 빈혈에 도움이 되는 달래는 된장에 올리고 남은 건 달래양념장을 만들었다. 모두 똑같아 보이는 풀때기들이었는데 이름과 쓰임을 하나씩 알아가고 있다. 친숙해지는 채소가 많아질수록 장보기도 점점 더 재미있어진다.

낫토와 청국장은 빼고요

고기를 먹음으로써 양질의 단백질을 얻는다고 생각하던 내가 고기를 끊은 후 단백질 공급원으로 택한 건 당연히 콩이었다. 아니, 택한 건 아니지. 원래 매일 서리태가 들어간 콩밥을 먹었고 발효콩으로 만든 된장찌개도 자주 먹었으니 오래 전부터 지속해온 밥상이었다. 고기를 먹지 않는 사람에게 콩은 필수 섭취 식품이고 특히 더 신경을 써야 할 것 같아서 예전보다 의식적으로 여러 가지 콩을 먹으려 노력했다. 우유보다 걸쭉하고 고소한 두유, 달달하게 졸인 콩자반, 발효한 청국장, 국수 말아 먹으면 여름 최고 별미인 콩국, 순두부, 연두부, 두부를 튀긴 유부 등 다양한 형태와 맛으로 콩을 즐길 수 있었다.

그래서 중국 식자재 마트에 갔다. 갑자기 중국 식자재 마트가 왜 나오냐고? 내가 책방을 연남동에서 한다고 말했던가. 연남동을 처음 가 본 게 2012년도였다. 그때는 아직 힙플레이스가 되기 전의 조용한 동네였다. 리틀 차이나타운이라 불릴 정도로 중국 사람이 많이 사는 동네였는데 걷다보면 동네 할머니들이 담벼락에 앉아서 중국어로 대화를 나누고, 만둣집에 들어가면 주인과 손님이 서로 중국어로 말하는, 중국 여행을 온 듯한 기분을 느끼게 하는 동네였다. 연남동을 걷다가 중국 식자재 마트가 있길래 들어가 보았다. 파는 물건도 다 모르는 거고 무슨 식자재 마트에서 탄약과 태우는 종이를 파는지, 분위기가 낯설어서 제대로 보지도 않고 나와서는 다시 가지 않았다. 그런데 갑자기 그 마트에 간 이유는, 다양한 콩을 먹어야겠다고 생각하니 마라탕 가게 사리 선반 위에 놓여 있던 다양한 두부들이 떠올랐기 때문이다. 두 번째 방문한 중국 식자재 마트에서 포두부와 두유피, 푸주를 골랐다.

사장님은 푸주를 오래오래 불려야 한다며 강조했다. 밤새 불려서 케일페스토를 넣고 파스타를 해먹어

보았다. 마라탕 속 푸주는 씹었을 때 두부의 겹겹에서 매운 국물이 베어나오는 맛이 일품인데 파스타를 대체하기로는 부족한 감이 있었다. 포두부는 접힌 모양 그대로 칼국수 면 자르듯 잘라서 찌개에 넣거나 파스타로 만들어 먹었는데 두부 면이 뭉쳐서 모양새는 엉망이어도 식감은 나쁘지 않았다.

콩을 발효하면 영양가가 높아지고 항암효과도 있다고 해서 낫토를 사다 먹었는데 윗니, 아랫니가 저작 활동을 하지 않았다. 왜 음식을 넣어줬는데 씹지를 못하니. 한두 번 억지로 먹다가 낫토는 포기. 청국장은 지독한 냄새 때문에 원래 먹지 못한다. 두시라는 중국 발효콩도 알게 되었는데 너무 생경한 식재료라 무얼 만들어야 할지 모르겠어서 시도해 보지는 않았다. 홍대 비건 식당에서 먹었던 인도네시아 발효 식품인 템페, 이게 요리 활용도가 높다. 구워서 여기저기 같이 끼워 넣으면 무엇이든지 잘 어울렸다. 그런데 단점은 양에 비해 가격대가 높고 수급이 어렵다는 것이다. 중국 식자재 마트처럼 템페도 동네에서 팔면 자주 먹을 텐데, 템페 하나 시키려고 온라인에서 주문하면 배송비를 부담하는 것도 택배 포장재를 쓰는 것도 영 마음에 걸렸다.

동네에 식물성 식품만 파는 마트가 있으면 좋겠다. 내가 그런 마트를 오픈해 볼까? 책방을 오래 하고 싶지만 안전성이 보장되어 있는 건 아니라서 언제나 미래의 밥벌이를 걱정하는 신세다. 그래서 이것 해볼까, 저것 해볼까 생각이 늘 많다.

땅콩도 콩과다. 요리보다는 간식 삼아 심심풀이로 땅콩을 섭취했고 병아리콩은 밥에 넣어서 먹어보니 구수했다. 그렇게 콩은 내 밥상, 밥그릇, 반찬 그릇에 빠지지 않고 항상 끼어 있었다. 밭의 소고기라 불리는, 영양소가 가득한 콩이지만 뭐든 과유불급이라 콩도 적당히 섭취할 것을 권한다. 콩에는 이소플라본이 들어있다. 식물성 에스트로겐으로 불리는 이소플라본은 여성에게 좋은 성분이지만 과할 경우 유방과 자궁에 좋지 않다는 말을 또 어디서 줏어들은 것이다. 과하게 먹지 않으면 괜찮다고 하는데 유방이 있고 자궁이 있는 사람으로서 조심히 먹어야 할 것 같았다.[35]

콩은 유전자 변형이 많은 식품 중 하나이기도 해서 되도록이면 유전자 변형이 없는 유기농 국산 콩을 산다. 그리고 콩에는 독성물질이 있어서 오랫동안 물에 불려서 조리해야 하는데 그 사실을 뒤늦게 알았다. 콩과 쌀을 물에 씻어서 바로 전기밥솥에 올린 적이 많아 혹시 건강에 이상이 있으면 어쩌나 걱정을 했다. 근데 생각해보면 걱정할 건 콩의 독성물질이 아니고 몸에 더 해로운 술과 비만이다. 술은 요즘 잘 안 마시는데 살은 어떻게 빼지?

두류 가공품인 콩고기도 소시지, 패티, 건조식품으로 다양하게 사 보았는데 개인적인 입맛에는 그냥 그랬다. 만약 고기가 당긴다면 콩고기보다는 버섯을 추천한다. 버섯에 밀가루, 달걀물, 빵가루를 묻혀 튀기니 이건 그냥 돈가스였다. 난 돈가스를 좋아한 게 아니고 바비큐소스와 바삭한 빵가루를 좋아한 게 아니었을까? 설탕, 당근, 양파를 넣고 끓인 간장에 전분물을 넣어 졸여서 소스를 만든 후 튀긴 버섯에 부어 먹으니 이건 또 그냥 탕수육이었다. 난 탕수육을 좋아한 게 아니고 탕수소스를 좋아한 게 아니었을까? 내 입맛 이렇게 알량한 입맛이었나? 한동안은 푹 빠져서 아무거나 다 튀겨 탕수소스를 찍어 먹었다. 소스에 들어가는 당근을 꽃 모양으로 넣고 싶어서 꽃 모양 틀도 구매했다.

단백질 공급원에는 콩만 있는 게 아니다. 브로콜리, 잡곡, 과일, 견과류, 해조류, 버섯류, 씨앗류 등 많은 식

품에 단백질이 함유되어 있다. 단백질 공급에 걱정이
많은 채식인이라면 다양한 식재료로 나만의 레시피를
만들어서 식물성 단백질을 골고루 섭취해보자.

후무스와 팔라펠

병아리콩으로 만들 수 있는 후무스와 팔라펠,
낯선 이름들이지만 한두 번 만들어보니 쉽고 맛있다.
후무스는 병아리콩 스프레드로 무얼 찍어 먹기에도, 어디에 발라 먹기에도 좋다.
팔라펠은 튀긴 음식이 당길 때 반찬이나 간식으로 해 먹기 괜찮다.

① 병아리콩을 반나절 이상 불린다.

② 불린 콩의 반은 소금을 넣고 삶은 후 올리브유, 레몬즙, 볶은 참깨, 마늘을 넣고(큐민 가루는 없으므로 생략) 블렌더에 갈아주면 후무스 완성.

③ 나머지 반은 소금과 함께 기호에 맞는 다양한 채소류를 같이 넣은 후 물을 소량 넣고 한번에 갈아준다. 반죽이 질지 않게 밀가루와 빵가루를 적당량 넣고 섞어준다.

④ 반죽을 동그랗게 빚어서 기름에 튀긴다. 팔라펠도 완성.

검은콩으로는 불린 콩을 갈아서 부침가루와 섞은 후 콩전을 부칠 수 있다.
세 가지 다 맛있다. 콩전은 녹두전이 생각나 막걸리가 당기고,
후무스는 있지도 않은 정원에 나가 바게트에 발라 먹으며
브런치를 즐기고 싶어지고, 팔라펠은 있지도 않은 자식놈들 학교 갈 때
케첩을 뿌려 도시락 반찬을 싸주고 싶어진다. 그런 맛이다.

인스턴트를 끊었다고는 안 했다

  오후 출근이라서 아침 시간이 여유롭다고 했지만 실은 뻥이다. 시간이 넉넉하다고 해도 여유롭지는 않다. 요리라는 게 10시에 땡! 11시에 땡! 시간에 맞춰 끝나지를 않는다. 아직 요리 초짜인 나는 불리고 찌고 끓이고 볶다보면 시간이 계속 지체되고 잠깐 한눈 판 사이에 가스레인지 위에서는 눕고 타고 졸기 일쑤이다. 30분을 끓여야 하는데 15분만 끓이고 시간이 없으니 15분은 저녁에 끓여야지, 할 수도 없고. 채소만 몇 개 썰어도 음식물 쓰레기와 설거짓거리가 수북이 쌓인다. 틈틈이 해도 설거지가 계속 생기니 진짜 손에 물 마를 틈이 없다. 설거지하고 음식물 쓰레기 처리하는 게 뭐라고 이렇게 사람을 분주하게 만들어.

크지 않은 플라스틱 도마도 온전히 놓이지 않는 작은 싱크대에서 복작복작거리는 게 쉽지 않다. 게다가 가스레인지는 한 구멍밖에 쓰지 못한다. 나머지 하나는 찜기와 프라이팬, 냄비들이 겹겹이 쌓여 있어서 사용할 수 없다. 그게 왜 쌓여 있는지 이유는 곧 다시 설명하기로 하고. 우리 집이 싱크대가 넓기를 하나, 냉장고가 크기를 하나, 수납 팬트리? 그런 게 어딨어. 쓰고 남은 재료는 냉장고와 여기저기 상부장에 쑤셔 넣기 바쁘다. 상부장 잘못 열면 파스타 면이랑 소면이 우르르 떨어지니 조심히 열어야 한다.

아무리 봐도 요리라는 걸 하기에 좋은 환경은 아니다. 왜냐하면 우리 집에는 고양이가 일곱 마리나 있기 때문이다. 그 말인즉슨 고양이 털이 일곱 배로 많이 날린다는 의미이다. 그냥 공기 중에 고양이 털이 떠다닌다고 생각하면 된다. 일곱 마리 중에는 화장실 모래를 밖으로 파내는 게 취미인 녀석이 있어서 모래가 바닥에 해변처럼 쌓일 때도 있다. 고양이들이 화장실을 사용하고 모래를 묻히고 나와서 방바닥에 모래가 흐트러지는 것을 '사막화'라고 부르는데, 우리 집은 사막화가 아니고 그냥 사막이고 해변이다. 또 어느 녀석은 골판지로 만든 스크래처를 긁는 게 성에 안 차는지 두루마리 휴지를 유난스럽게 뜯어 놓아서 바닥이 휴지 조각, 골판지 부스러기, 모래로 늘 엉망이다. 매일 청소기를 돌려도 공기는 털 바람, 바닥은 쓰레기 바람이다.

요리를 할 때면 냄비나 조리도구에 애들 털이 붙었는지 공중에 들고 요리조리 살펴봐야 하고, 식재료를 썰다가 바닥에 떨어지면 그냥 버려. 그리고 한참 요리를 하는 와중에 빗질 좋아하는 셋째놈이 가까이에 와서 나에게 등을 내밀고 쳐다본다. 당장 등을 긁으라는 거다. 그럼 난 또 소리를 지른다. "너 나한테 빗 맡겨뒀니? 어? 나 지금 바쁜 거 안 보여? 진짜 눈치 없이 이럴 거야?" 잔소리를 하면서 쭈그리고 앉아 등을 벅벅 긁어준다. 그러면 첫째, 둘째도 와서 줄을 선다. "으구 으구 내가 못 산다, 못 살아." 하며 빗질을 다 해준다. 그러고 나서 다시 싱크대에 서서 손을 씻고 손가락에 붙었던 애들 털이 다 떨어졌나 공중에 손을 들어 꼼꼼히 살핀다. 그러다 보면 이제 막 냄비에서 재료가 졸고 끓고 하는 거다.

털 얘기가 나와서 말인데, 다묘 집사인 이상 털은

포기했다. 검정 옷과 검정 배낭의 털을 아무리 돌돌이로 떼어도 정전기처럼 다시 들러붙는 털들. 털은 그러려니 한다. 한번은 외출을 하려고 옷 다 입고 현관문 쪽으로 걸어가는데 언니가 "너 바지에 똥 묻었어!" 하는 게 아닌가. 아니, 또 어느 녀석이 똥을 달고 나와서 집 안에 묻힌 거야? 늦었는데 이게 뭐야! 바지를 갈아 입으며 욕이 튀어나왔다. 내가 고양이를 사랑하지 어떻게 똥까지 사랑하겠어. 내 바지 말고 또 어디에 똥을 묻힌지도 알 수 없다. (한숨) 뒷다리가 약한 여섯째는 어렸을 때부터 자다가 오줌을 지렸는데 문제는 자는 곳이 정해져 있지 않아서 어디에 오줌을 쌌는지 알 수 없다는 것이다. (한숨 한 번 더 쉬고 갈게요.)

밥을 차려서 이제 밥 좀 먹어볼까 하는데 어느 날은 셋째가 근처에 와서 사료토를 하거나 수컷인 둘째가 화장실 벽면으로 오줌을 갈겨서 화장실 밖으로 오줌이 줄줄 흘러내린 걸 발견한다. 사료토는 병 때문은 아니고 급하게 먹은 탓에 하는 구토라서 놀라지 않는다. 비위도 강해졌다. 밥 먹고 치워준다며 형식적으로 아이의 배를 쓰다듬으면서 꿋꿋이 밥을 먹는다.

외출 전에는 각자 편한 데 가서 잠든 일곱 마리가

잘 있나 군대 점호하듯이 집안을 돌며 소재지 파악을 한다. 철창도 있고 현관문 여닫을 때 확인을 하지만 정말 만에 하나 어느 구멍을 통해서건 고양이들이 밖으로 나가버릴까 봐 늘 걱정한다. 특히 다섯째놈은 이 집에서의 탈출을 호시탐탐 노리고 있는 것 같아서 늘 예의 주시하고 있다. 한 놈, 두시기, 석삼, 너구리, 오징어, 육개장… 어? 한 놈 으디 갔노. 이 좁은 집에서 찾아도 없는 고양이가 한 놈씩 생기는데 불러도 대답하는 애들이 아니라서 한참 못 찾을 때가 있다. 간식을 꺼내거나 장난감 소리를 내면 그제서야 얼굴을 빼꼼 내민다.

한번은 둘째 녀석이 실종되었다. 한참을 찾다가 싱크대에서 발견했다. 둘째 녀석이 싱크대 하부장 문을 스스로 열고 들어가 있는 걸 좋아했는데 이번에는 상수도관 연결을 위해 뚫어놓은 하부장 뒷구멍으로 들어가 싱크대와 뒷벽 사이에 끼어 있었던 것이다. 그 먼지 구덩이에 꼭 그렇게 들어가 있어야 속이 후련했냐. 그날 이후 둘째가 들어가지 못하게 싱크대 하부장에 걸쇠를 걸게 되었고 하나 갖고는 부족해서 두 개, 세 개를 걸고 나서야 고양이가 열기 힘들어졌다. 그리고 사람도 열기가 힘들어졌다. 매번 걸쇠를 열고 닫으며 냄비를 꺼내는 게 귀찮아서 만두 쪄 먹을 때 쓰는 찜기, 각종 채소 볶을 때 쓰는 웍, 종종 쓰는 큰 냄비를 가스레인지 한쪽에 쌓아놓은 것이다. 그러니 가스레인지를 한 구멍밖에 쓰지 못하는 상태가 되었다. 집구석이 이 모양 이 꼴이다.

고양이들이 창문 밖을 내다볼 수 있게 수납박스를 창가마다 쌓아뒀는데 뒷다리가 약한 여섯째가 점프를 잘 못 하니 아주 작은 수납장, 덜 작은 수납장, 중간 수납장, 큰 수납장으로 계단을 만들어 놓아 좁은 집이 더 좁아졌다. 바닥에는 우다다 뛰는 소리가 아랫집에 들릴까 싶어 색색깔의 다양한 카페트와 이불이 깔려 있다. 스티로폼으로 된 방음 매트는 애들이 발톱으로 다 뜯어놓아서 진작에 치워버리고 대신 겹겹으로 이불을 깔아놓은 것이다. 집 구석구석이 이 모양 이 꼴이다. 뭐든지 고양이 중심으로 되어 있어서 사람이 고양이 집에 얹혀산다고 해도 과언이 아니다.

아침에 일어나서 애들 화장실 치우고 사료 주고 놀아주는 것도 요리 전 해야 할 일이다. 아이들 양치질도 시켜야 한다. 입안에 칫솔을 넣고 양치질 시키는 게 어려워서 발라주기만 해도 되는 치약을 사용하는데도 바르는 것조차 힘들다. 우리 짜증쟁이 넷째는 입안 염증이 있어 매일 연고를 발라주는데 건드리면 아프니 아침만 되면 술래잡기다. 나를 피해서 가장 높은 데 혹은 가장 낮은 데로 민첩하게 도망 다닌다. 넷째를 잡기에 집사는 크고 둔하다. 한번은 신발장 밑에 들어가 있어서 신발장에 엎드려 타일에 얼굴을 붙이고 설득한 적도 있다.

요리와 육묘 사이 빨래도 해야 하고 청소도 해야 하고 재활용 정리도 해야 하니, 나의 아침은 여유와는 거리가 멀다. 어느 날은 정말 아무것도 하기 싫어서 요리고 나발이고 냄비 하나만 있으면 되는 라면을 선택해 끼니를 때울 때도 있다. 채식 라면을 시중에 판매해서 다행이다.

육묘의 고단함에 대해 일장연설을 했지만 집사들은 알 것이다. 밤이 되면 고양이들 볼 생각에 매일 퇴근 길이 설렌다는 것을. 현관문을 열고 애들을 보는 순간, 하루의 고단함이 싹 가신다. 집구석이 이 모양 이 꼴이어도 고양이들과 함께 사는 우리 집이 세상 제일 좋다.

2단계, 생선 줄이기

　책방에서 일할 때 먹으려고 저녁 도시락을 종종 싸는데 볶음밥이나 잡곡밥을 보온 용기에 싸는 경우가 많다. 밥만 퍼오면 되니 간단하면서도 잡곡밥에 뜨거운 물을 부으면 한 끼 식사로 괜찮았다. 김자반을 밥에 섞어 주먹밥을 싸기도 한다. 사람이 가득 찬 책방 구석에서 손님들 개의치 않고 혼자 밥을 먹는 게 익숙하지만, 그래도 밥 먹다가 계산을 바로 바로 하기에는 숟가락을 써야 하는 도시락이나 손에 기름이 묻는 주먹밥보다는 김밥이나 빵이 편하다. 햄 빼 달라는 말도 못하는 소심쟁이인데 책방 근처 김밥집에서는 다행히 김밥 속에 햄을 넣지 않는다. 그 김밥집에 신메뉴로 비건김밥이 추가되었길래 주문해 보았다. 달걀과 어묵이 있긴 하지만 브로콜리와 당근이 수북하게 들어간 김밥이었다. 같이 넣어준 겨자소스에 찍어 먹어 보니 오! 맛있다. 그리고 10분 거리에 있는 떡볶이집에서 얻어먹은 김밥은 오징어튀김, 달걀, 양파, 와사비가 들어간 김밥이었는데 오, 와사비 맛이 톡 쏘니 이 김밥도 맛있다.

　새로 맛본 김밥을 따라해 보려고 집에서 김밥 말기에 도전해봤다. 어묵과 달걀을 빼고 브로콜리와 포두부를 넣어 김밥을 말아서 겨자소스를 찍어 먹었는데 오…맛없어. 역시 김밥에는 어묵이 들어가야 돼. 오징어튀김 대신에 양파튀김을 넣어 보았는데 오…이것도 맛없어. 그냥 오징어튀김 먹어야겠어. 두 가지 김밥을 싸며 생선류를 끊는 게 여간해선 쉽지 않겠다는 생각이 들었다. 바다의 동물성 식품도 조금씩 줄여 나가려던 참이었는데 과연 가능할까? 지금까지 수월하게 채식을 할 수 있었던 건 그나마 페스코 베지테리언이었기에 가능했던 것이다. 참치를 먹고 오징어를 먹고 새우를 먹을 수 있으니 소, 돼지, 닭이 없어도 맛있는 맛을 느낄 수 있었다. 그래도 생선 섭취를 줄여 나갈 필요가 있었다. 고기를 안 먹게 된 이후 고르는 식당 메뉴들이 새우

볶음밥이요, 초밥이요, 주꾸미볶음이요, 온통 생선류였다. 생선을 먹는 횟수가 더 늘면서 생선 과다 섭취에 따른 수은 중독에 대해서도 걱정해야 했지만 무엇보다 생선 역시 생산 과정의 문제점이 늘 마음에 걸렸다.

양식업으로 길러지는 생선도 땅에 사는 밀집 사육 동물처럼 질병과 감염에 취약하다. 생선들은 양식장 안에 갇혀 자신의 배설물과 함께 살아간다.[36] 자연산 어업의 경우 대량 어획 때문에 잡힐 필요가 없는 부수적인 바다 동물들이 같이 희생당한다. 예를 들면 참치를 잡느라고 쥐가오리, 곱상어, 장수거북, 재갈매기, 밍크고래 등 145종도 같이 죽임을 당하고 있다.[37] 대형 어선은 바다 바닥까지 닿는 거대 그물을 끌고 다니며 바다 생물을 쓸어 담는데, 이는 불도저로 숲을 밀어버리는 것과 같다.[38] 인간의 생선 반찬을 위해 바다의 생태계도 파괴되고 있다.

어차피 생선은 밖에서 먹게 되는 경우가 많으니 내가 굳이 집에서까지 생선을 조리해 먹을 필요가 없었다. 요리할 때만큼은 생선을 쓰지 않으려고 했다. 그런데 어묵, 참치, 오징어, 새우 없이 맛있는 식사를 만들 수 있을까? 그동안 미역국은 국간장으로 국물을 만들고 미역과 함께 바지락을 넣었는데 나중에는 바지락 대신 표고버섯을 넣었다. 바지락부추전에서도 바지락을 뺐다. 그냥 부추전. 감칠맛이 덜 했지만 못 먹을 맛은 아니었다. 된장찌개에도 멸치 육수 대신 표고와 다시마로 국물을 우렸다. 풍미가 덜했지만 먹을 만했다. 어묵잡채 대신에 목이버섯만 넣고 잡채를 만들었고 어묵무국 대신 그냥 무국을 만들었다.

레시피도 점점 심플해지고 있다. 된장찌개에 들어가는 재료들을 한 가지로 추렸다. 알배기배추를 사서 토막을 내어 그대로 된장 끓는 물에 넣으면 배추된장찌개, 두부를 사다 넣으면 두부된장찌개, 불린 미역을 넣으면 미역된장찌개가 된다. 또한 생선보다는 해조류를 많이 먹게 되었다. 그러고 보니 해조류가 바로 바다에서 나는 채소가 아닌가. 미역국을 더 자주 끓이고 김을 더 자주 구웠다. 김보다 새로운 게 먹고 싶어서 감태도 구워 먹었다. 책방에서 열 걸음만 가면 해산물덮밥집이 있다. 그곳 오픈 초기에 해산물덮밥을 먹었는데 빙수처럼 쌓인 해산물도 푸짐하고 위에 얹어 놓은 감태로 밥을 싸 먹으면 참 맛있어서 태어나서 처음 먹어본 감태의 맛에 감탄했었다. 밥이 맛있는데도 손님이 별로 없어서 안타까운 식당이었는데 연남동 맛집으로 입소문을 타면서 줄 서는 밥집이 되었고, 이제는 문전성시에 평일 점심에도 가기 힘든 곳이 되었다. 책방에 손님 없는 날이면 퇴근길에 사람 많은 그 식당을 부러운 눈빛으로 쳐다보고 기운 없이 터덜터덜 퇴근했다. 그때 먹었던 감태가 생각나서 집에서 구워 먹어봤지만 두세 장일 때 아껴먹는 거랑 감태를 쌓아놓고 먹는 거랑은 희한하게 맛이 달랐다. 많이 달랐다. 감태는 집이 아닌 전문 식당에서 먹어야 맛있는 걸로.

엄마가 굴국밥집을 할 때 같이 판매했던 국밥이 매생이국밥이었는데 건강을 무진장 챙기는 아저씨 손님들이 그렇게 매생이를 좋아했다. 집에서 매생이떡국을 해 먹었다. 식당에서처럼 생매생이가 아닌 건조 매생이였지만 물에 잘 풀어지고 맛도 괜찮아서 간장 국물이든, 된장 국물이든 어디든 넣어서 먹고 있다. 반찬 가게에서는 파래무침을 샀고 마트에 가서는 해조샐러드를 사다 먹었다. 톳과 다시마, 꼬시래기, 한천, 세모가사리가 들어간 샐러드를 사서 엄마 아빠도 갖다 드렸다. 엄마가 맛있다며 무슨 해조류인지 물었다.

"모둠 해조류야. 미역줄기도 들어가 있고 톳도 있

고 그리고 뭐더라… 빠가사리! 빠가사리도 있고!"

"빠가사리?"

꼬시래기와 세모가사리를 못 외워서 빠가사리라고 말하는 막내 딸내미. 엄마, 내가 해조류를 글로 배웠어. 집에서는 이렇게 생선을 제외하고 요리를 하지만 밖에서는 생선으로 만든 식사를 허용했다. 안 그러면 비건 식당 말고는 갈 데가 없으니까. 양지쌀국수는 못 먹어도 해물팟타이는 가능, 돼지고기김치찌개 대신 해물순두부 가능, 탕수육은 못 먹어도 해물짬뽕은 가능, 고기만두 대신 새우만두는 가능.

'마이크로 비거니즘'이라는 용어가 있다. 할 수 있는 만큼 가능한 범주에서 비거니즘을 실천한다는 의미이다. 집에서는 고기를 먹지 않지만 어쩔 수 없는 경우 고기 국물은 먹고, 집에서는 생선을 먹지 않지만 밖에서는 생선을 먹는 게 무슨 비건이냐고 누군가는 나의 식생활을 비웃을지도 모른다. 하지만 이게 나의 마이크로 비거니즘. 세상에 스트레스 받을 거리는 넘치니까 식생활로 너무 자신을 옭아매지 않기로 했다. 비웃어라. 그러거나 말거나 난 내가 할 수 있는 만큼 하고 살테니.

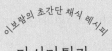

다시마튀각

잘라 놓은 다시마를 국물 우릴 때 두세 개씩 집어넣는데
당최 작년에 산 다시마의 양이 줄지 않는다. 이거 10년도 더 먹을 수 있을 것 같다.
다시마로 새로운 활용 요리가 없을까 싶어 찾아보니… 있다, 다시마튀각!

① 키친타올에 물을 묻혀 다시마의
겉면을 닦아낸다.

② 프라이팬에 식용유를 두르고
달궈지면 다시마를 튀겨낸다.

③ 기름기를 뺀 후 설탕과 통깨를 넣고
버무리면 완성.

달달하고 짭짤한 밥반찬. 미역도 같이 튀겨서 다시마튀각과 같은 통에 넣어두면
식사 때마다 밑반찬으로 잘 먹을 수 있다. 엄청난 밥도둑은 아닌데
자꾸 젓가락으로 집어먹게 된다. 그리고 짭짤하다는 것은… 맥주 안주라는 뜻!
과자 대신 건강 안주로 즐겨도 좋다.

3단계, 달걀 줄이기

달걀은 활용도가 아주 높은 식재료이다. 냉장고에 아무것도 없어도 달걀 한 가지만 있다면 완벽한 밥상을 만들 수 있다. 달걀찜, 달걀국, 달걀프라이, 삶은 달걀 등 뭘 어떻게 해 먹어도 달걀은 맛있다. 달걀볶음밥을 만들 수도 있고 비빔밥과 라면에 반숙 달걀을 곁들이면 더욱 맛있는 식사를 할 수 있다. 모든 볶음밥과 오므라이스에, 돈가스에 빵가루 묻힐 때, 전 부칠 때, 빵 만들 때 등등 없으면 안 될 중요한 재료이다. 또 달걀은 고기와는 달리 살생을 통해 얻어지는 것은 아니니 죄책감이 덜한 것도 사실이다. 굳이 달걀까지 줄여야 한다면 그럼 난 도대체 뭘 먹고 살아야 하나. 그래서 타협을 본

게 일반 달걀보다 조금 더 가격이 나가지만 동물복지 인증마크가 찍힌 달걀을 사는 것이었다. 동물복지 인증마크가 찍힌 달걀은 배터리 케이지가 아닌 인도적인 환경에서 키운 닭의 달걀을 의미한다. 정확한 사육 환경에 대해 알 수는 없지만 패키지에 그 마크가 찍혀 있으면 안심이 되었다. 이 달걀을 낳은 암탉들은 좋은 환경에서 살고 있을 것이라는 막연한 안심.

대형마트에서 동물복지 달걀을 발견, 10개들이를 사와서 꼭 필요할 때만 먹다 보니 10개를 다 먹는 데 한 달이나 걸렸다. 동네 슈퍼에는 동물복지 달걀이 없다. 그럴 경우에는 달걀 표면에 찍힌 번호인 난각번호가 구매 기준이 됐다. 끝자리 숫자가 사육 환경을 의미하며 1번은 방사 사육, 2번은 축사 내 평사, 3번은 개선 케이지, 4번은 기존 케이지에서 자란 닭의 달걀이다. 동네 슈퍼에는 4번이 찍힌 달걀이 대부분이긴 하다. 그러면 어쩔 수 없이 난각번호 4번의 달걀을 구매해서 꼭 필요할 때만 먹었다.

새로 읽게 된 책 《고기로 태어나서》를 보고는 달걀을 아예 먹지 말자고 생각을 바꾸었다. 자연에서는 1년에 30여 개의 알을 낳는 암탉들이 사육장에서는 그 10

배인 300개의 알을 낳아서 골다공증에 걸리고, 날개만 잠깐 들춰도 날개뼈가 부러진다는 대목을 읽고 달걀 생산도 살생이라는 생각이 들었다. 일주일에 한두 번 먹던 달걀을 안 먹어도 상관없었다. 달걀프라이 없이 나물 반찬만으로도 밥을 먹을 수 있었다. 달걀은 되려 나물의 맛과 향을 해쳤다. 채식돈가스는 버섯으로 만든 건데 너무 기름져서 그런지 먹고 나서 배가 아파 해 먹지 않는다. 그러니 채식돈가스 달걀물도 필요 없었다. 신기하게도 달걀을 안 쓰니 없어도 그만인 식재료가 되었다. 그러다가 얼마 전부터 다시 구매를 하기로 결심했다. (변덕이 심한 편, 마음이 갈대인 편.)

2006년에 오픈해 홍대 지역 대표 비건 식당으로 자리잡은 식당이 2021년 초에 문을 닫았다. 비채식인이었을 때부터 가끔 방문했던 식당 중 하나였고 템페를 처음 맛본 곳이기도 하다. 오픈 주방에서 살림을 하듯이 분주히 무언가를 만드는 모습도 늘 보기 좋았다. 오랜 시간 자리를 지켜준 식당을 이제 볼 수 없다니 많은 사람들이 안타까워했다. 이제 그 맛있는 음식들을 먹을 수 없는 건가 아쉬웠는데, 이런 손님들의 마음을 헤아렸다는 듯이 대표 메뉴였던 치즈오믈렛의 레시피를 온라인에서 공개했다. 그리고 게시물의 말미에 그동안 건강한 달걀을 제공해 주었던 산안마을을 소개했다. 그 소개를 통해 좋은 환경에서 닭을 키우고 있지만, 인근 농장의 AI 발생으로 산안마을의 건강한 닭까지 이유 없이 살처분을 당하게 된 억울한 상황에 대해 알게 되었다.

감금틀이 아닌 평사에서 위생적인 환경, 건강 사료로 키우는 닭들이라서 지난 30년간 조류독감에 걸린 적이 한 번도 없는 곳이었다. 오랜 시간 게시물이 없던 산안마을 SNS에 얼마 전, 사진이 올라왔다. 병아리 1만 8천여 마리가 들어와 111일 만에 농장 운영을 재개한다는 소식이었다. 사진 속 노란 병아리가 너무 이뻤다. 어린 생명체는 연약해 보여도 사람의 마음을 무장해제 시키는 강력한 힘이 있다. 이 아이들이 건강하게 자라기를 응원하고 싶었다. 그래서 동물복지 달걀을 다시 먹기로 한 것이다. 동물복지 안에서 살아가는 동물들을 위해, 동물을 동물답게 키우는 농장을 위해.

4단계, 우유 줄이기

반려 음료라 불러도 될 정도로 우유는 평생 나와 함께했다. 어린 시절에는 아침마다 집으로 배달되는 우유를 마셨다. 그 시절에는 우유 팩이 아닌 유리병에 담겨 있었는데, 아침에 일어나 대문에 매달린 우유병을 가지고 들어와 손톱으로 종이 마개를 까는 게 하루 일과의 시작이었다. 집에는 언제나 우유가 있었고 학교에서 배급된 우유도 빼놓지 않고 잘 마셨다. 카스텔라를 먹을 때도 우유, 떡을 먹을 때도 우유, 핫케이크를 만들 때도 우유, 시리얼을 먹을 때도 우유(어렸을 때는 시리얼이 비싸서 인디안밥, 죠리퐁, 사또밥에 말아 먹었디.). 나를 키운 건 8할이 우유라 볼 수 있다.

초코, 커피, 딸기 향이 가미된 우유 말고 흰 우유. 흰 우유는 시원하고 부드럽다. 술을 마신 뒤 새벽에 깨면 1000밀리짜리 우유를 벌컥벌컥 마시며 갈증을 해소했다. 음료 중에서도 핫초코, 카페라테, 밀크티 등 우유가 들어간 것을 선호했다. 퇴근길 동네 슈퍼에 들러 필수로 사오던 것도 우유와 요거트였다. 그런데 평생 우유를 착취당하는 소를 본 이상 우유를 마음 편히 마실 수 없게 되었다. 그리고 결정적으로 칼슘의 보고, 완전식품이라며 소비를 권장했던 우유가 되려 건강을 해친다는 연구논문이 잇따라 발표되면서 더 마시기 힘들어졌다.

다행히도 우유는 대안이 많았다. 콩으로 만든 두유, 아몬드로 만든 아몬드유, 귀리로 만든 귀리유 등. 카페에 가서 옵션이 있다면 우유 대신 두유가 들어간 소이라테를 시켰고, 동네 마트에 가서도 흰 우유 대신 두유를 샀다. 나도 모르게 습관적으로 흰 우유를 계산할 때도 있지만 의식해서 줄이려고 노력 중이다. 시리얼은 두유에 말아 먹으면 되고 핫케이크도 물로 반죽하면 된다.

그럼 밖에서 사 먹는 빵은? 달걀과 우유, 버터가 많

이 들어간 빵이 고민되었다. 빵 고르는 행복을 포기하라고? 가끔은 미치도록 빵이 먹고 싶을 때가 있다. 가끔 아니고 자주. 난 슈크림빵 안 먹고는 못 사는데. 카스텔라를 우유에 찍어 먹을 때 행복을 느끼는데. 빵은 우유도 아니고 달걀도 아니고 빵 자체로서 빵인데 이거 참 어렵네.

일단 습관처럼 부엌에 쟁여 놓았던 식빵을 사지 않았다. 그리고 빵을 대체할 간식을 만들었다. 찹쌀가루를 사서 경단을 만들기 시작했다. 중학교 가정 시간에, 치마도 만들고 버선도 만들고 했던 그 시간에 경단을 만들었던 기억이 나서 그걸 간식으로 먹으면 우유와 달걀을 덜 쓰지 않을까 싶어 만들어봤다. 찹쌀가루에 소금을 조금 넣고 익반죽한 후 끓는 물에 익혀서 콩고물을 묻히면 완성. 반죽에 견과류를 넣어서 전처럼 부칠 때도 있다.

여름에 집에서 만들어 먹던 아이스 단팥라테 대신에 식혜를 마셨다. 엿기름만 있다면 식혜 만들기도 간단하다. 달콤한 과일청을 사서 탄산수를 섞어 에이드를 만들어 마시기도 했다. 겨울에는 생강라테 대신 우유를 빼고 그냥 생강차를 마셨다. 껍질 벗기기가 많이 번거

롭지만 11월에 햇생강을 사 직접 생강청을 담그기도 한다. 옥수수차나 작두콩차도 구수해서 겨울차로 마시기에 좋다. 빵을 포기하기는 힘들지만 우유와 달걀 없이 만들 수 있는 간식을 계속 연구 중이다.

요거트는 코코넛으로 만든 비건 제품을 사 먹지만 치즈는 우유로 만든 치즈 그대로 먹고 있다. 코코넛으로 만든 치즈를 피자 도우에 뿌려 먹어봤는데 치즈 아닌 치즈는 진짜 치즈가 아니었다. 파스타 해 먹을 때 치즈는 필수여서 파스타 만들 때, 샐러드 만들 때만 치즈를 사용한다. 많이 안 넣고 조금만 쓸게요. 나의 식탁인데 나는 자꾸 누구한테 허락을 맡고 있는 걸까? 남이 뭐라 하든 마이크로 비거니즘을 실천하겠다며 호기로운 척했지만 실은 채식 이후로 자꾸 눈치를 본다. 어제 어묵을 먹었다며 죄라도 지은 듯이 고해성사를 하기도 한다. 나에게 강요하는 사람도 눈치 주는 사람도 없는데 왜 자꾸 작아지는 건지 모르겠다.

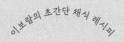

두유요거트와 두유마요네즈

요거트 제조기가 없다면 전자레인지나
전기밥솥을 이용하면 되는데 전자레인지는 온도 맞추기가 힘들어서
발효가 제대로 되지 않을 수 있다. 그래서 나는 밥솥의 밥을 다 먹을 때쯤
잽싸게 요거트를 한 병 만들어서 며칠 동안 두고두고 먹는다.

① 소독한 유리병에 두유를 넣고 시
중에서 판매하는 요거트 제조용 비건
유산균을 넣고 잘 저어준다.

② 유리병을 전기밥솥에 넣고 1시간
보온 상태로 둔다.

③ 1시간 후 전기밥솥의 전원을 끄고
8시간 이상 놔두어 발효시킨다.

④ 두유가 점성이 생기면 떠먹는 요
거트로, 샐러드 드레싱으로, 블렌더에
과일과 함께 갈아서 요거트 과일주스
등으로 다양하게 활용할 수 있다.

마요네즈는 보통 달걀로 만드는데, 달걀 대신 두유를 이용해
채식인들도 마음 놓고 먹을 수 있는 마요네즈를 만들 수 있다.
순서와 번호를 붙일 필요 없이 간단하다. 두유와 식용유를 1:1.5 비율로 맞춘 후
설탕, 소금, 식초를 소량 넣고 블렌더에 갈아주면 끝이다.
정말 이게 끝. 하, 내가 마요네즈도 만들 수 있게 되다니!

보다 못한 엄마의 한 마디

집에서 경단 만들기를 서너 번 성공한 후 유기농 찹쌀가루를 사 들고 엄마 아빠 집에 가서 자신 있게 반죽을 시작했다. 얼마나 당당했는지 찹쌀가루 한 봉지를 한꺼번에 사발에 다 부었다. 따뜻한 물을 붓고 맨손으로 반죽을 하기 시작했는데 어라? 질다. 많이 질다. 이미 찹쌀가루를 다 부었는데 큰일이다. 평소에 음식에 문제가 생기면 항상 엄마를 불렀다.

"엄마! 왜 메밀전이 이모가 한 것처럼 얇게 안 되지?"

"재료를 미리 섞어서 부치면 절대 얇게 안 돼. 부침개 얇게 하려면 재료는 나중에 얹어."

"달래나물이 왜 맛없냐고? 달래는 마늘의 일종이야. 나물 말고 간장에 담가서 양념장으로 먹어 봐."

"시금치무침이 안 달면 섬초로 무쳐. 그게 원래 단맛을 갖고 있어."

"고사리는 산나물이야. 살짝 삶으면 안 익어. 오래 삶아야 돼."

"미역은 기장 미역이 맛있지. 따뜻한 바닷물이랑 차가운 바닷물이 만나는 지역이 기장이거든. 그래서 미역이 더 단단하고 좋아."

척척박사처럼 엄마가 바로바로 대답을 해주는데, 이번에도 안방 침대에 누워 있는 엄마에게 SOS를 쳤다.

"엄마! 반죽이 너무 질어. 찹쌀가루를 다 썼는데 어떡하지? 밀가루 넣을까?"

"밀가루 넣으면 맛없어. 차라리 전분가루를 넣어. 찬장에 있어."

엄마의 대답을 듣고 있다가 반죽 그릇을 들고 안방으로 들어갔다.

"엄마, 내 손이 이 모양 이 꼴이라서 찬장을 열 수가 없는데 엄마가 좀 도와주세요."

반죽이 양손 손가락에 덕지덕지 붙은 모양새로 안

방에 들어서니 엄마가 기가 막히다는 표정을 지으며 침대에서 일어나 부엌으로 나왔다. 전분을 꺼내주었고 찹쌀가루 만큼의 양을 추가한 후에야 내가 원하는 된 반죽이 되었다. 그리고 아주 딱딱한 경단을 완성했다. 엄마, 아빠 아무도 내가 만든 경단에 손을 대지 않았다. 나 혼자 딱딱한 경단을 억지로 먹으며 엄마에게 말을 건넸다.

"엄마! 내가 최근에 뭘 발견했는지 알아? 내가 만든 잡채, 탕수육, 채소조림이 다 맛이 똑같애. 웃기지? 하하하."

"너 요리 배워."

"나 요리 배워?"

막내딸이 노력은 하는 거 같은데 자꾸 괴식을 만들어내는 요리 바보라는 걸 눈치챈 엄마가 끝내 요리를 배우라고 했고, 평소 같으면 무슨 요리를 배우냐고 귓등으로도 안 들었을 말을 요리에 좀 재미가 붙은 터라 솔깃했다. 요리를 배우면 맛있게 만들 수 있을까? 근데 뭘 배우지? 한식, 중식, 일식? 조리사 사이트에 들어가 둘러보았다.

난 궁중소갈비찜, 육전, 안심스테이크, 부타카쿠니,

어향육사를 배우고 싶은 게 아닌데, 국적 불명의 채식 요리를 만들고 싶은 건데. 어디서 뭘 배워야 할지 갈피를 못 잡는데 이번에도 엄마가 힌트를 주었다. 몇 해 전 노인복지센터에서 할머니, 할아버지를 대상으로 사찰음식을 가르쳐 줬다면서 그때 만들었던 레시피 종이를 찾아서 보여주었던 것이다. 가지구이, 현미땅콩죽, 모둠버섯강정, 더덕잣소스구이, 채식양장피, 김치메밀전병, 두부우엉조림, 연잎밥, 옥수수전, 감자옹심이… 하나같이 소박하게 맛있는 음식들이었다. 바로 이거야! 나 이런 거 배우고 싶어!

집으로 돌아온 나는 사찰음식 사이트를 살펴봤다. 원데이 쿠킹클래스가 있었다. 그리고 이 사이트에서 눈에 띄었던 것은 이미 홈페이지에 올라와 있는 1110가지나 되는 조리법이었다. 마늘, 파, 부추, 달래, 흥거, 매운맛을 내는 다섯 가지 식재료인 오신채와 고기를 제외한 식물성 재료로 만든 사찰음식 조리법들이었다. 계절별, 음식 종류별로 검색해 볼 수도 있었다. 레시피를 그대로 따라 해도 되고 힌트를 얻어 나만의 요리를 개발해도 좋을 것 같았다.

며칠 전 엄마가 도토리묵 만드는 법을 알려 주었다.

도토리 가루만 있으면 세상 쉬운 게 묵 쑤는 일이었다. 물과 도토리 가루를 5:1 비율로 개어 상온에 잠시 두었다가 냄비에 붓고 참기름과 소금을 넣고 쑤면 된다. 서로 엉겨 붙어 젤 형태가 되면 그릇에 담아 냉장고에서 굳히면 끝. 사각으로 썰어서 간장을 부어 반찬으로 먹었다. 다르게 먹을 수는 없나 궁금해 사찰음식 사이트에서 도토리묵을 검색해보니 도토리묵 말림이 나왔다. 아하, 말리면 꼬들꼬들하니 색다른 식감을 느낄 수 있을 것 같았다. 집에 견과류가 많아서 견과 요리도 찾아보았다. 견과류는 페스토 만들 때 잣 대신에 넣고 있는데 그렇게 사용해도 명절 때 선물 세트로 받은 견과류가 아직 많이 남아 있었다. 사찰음식 사이트에 견과류 된장찌개 레시피가 올려져 있었는데 해보고 싶지 않은 비주얼이라서 이건 패스.

퇴근길 동네 슈퍼에서 생소한 잎채소를 보았다. 다름 아닌 민들레. 아니 내가 아는 민들레는 꽃인데 그 줄기를 먹기도 하나? 일단 가격도 부담 없으니 사보자. 계산을 하는데 이 동네 살면서 한번도 나한테 말을 건넨 적 없는 계산원 아주머니가 민들레를 먹을 줄 아냐고 묻는다. 모른다고 하니, "새콤달콤하게 무쳐 먹는 거예요. 이게 몸에 좋아."

집에 와 사찰음식 사이트에서 검색해보니 아주머니가 일러준 대로 고추장과 설탕에 버무려 민들레장아찌를 만들 수 있었다. 발효를 시켜야 한다기에 그 부분은 내 맘대로 생략하고 고추장과 설탕에 버무리니 제법 반찬류로 손색이 없었다. 이렇게 또 하나의 반찬을 만들 수 있게 되었다. 미나리가 유부주머니 묶는 끈 역할을 할 수 있다는 것도, 탕수소스를 오미자로 만들 수 있다는 것도 알게 되었다. 봄에는 봄나물 요리, 여름에는 물김치와 상추냉국, 가을에는 시금치칼국수와 모둠버섯들깨탕, 겨울에는 늙은호박김치를 해 먹어야지.

비건 레시피 책을 찾는 손님들을 위해 스님의 레시피 책을 책방에 들여놓았다. 다양한 음식들과 스님의 소박한 일상이 마음을 정화시켜 주는 것 같다. 책 속 레시피 중에 커피국수가 있던데 무슨 맛인지 알 것 같고 먹고 싶지 않으니 이것도 패스.

사계절의 맛

내 방에 놓인 두 개의 큰 책장은 다양한 책으로 가득 차 있다. 3년 전 은평구로 이사 올 때 내가 어렸을 때부터 모아온 소중한 매거진들 ─ 〈페이퍼〉, 〈카이〉, 〈TTL〉, 〈브뤼트〉, 〈스트리트h〉, 〈오보이〉, 〈블링〉 등을 한 트럭 버렸는데도 여전히 책장에는 책이 많다. 책방을 하면서 받은 증정용 책도 많고, 다른 북마켓이나 동네 책방을 방문하면 책을 꼭 구매하는 습관이 있어서 두세 권씩 구매한 책들이 봉지째 그대로 책장에 꽂혀 있기도 하다. 다시 들추어 보지도 않는 책들이 무질서하게 꽂혀 있고 쌓여 있는데, 이게 늘 나에게는 무거운 짐처럼 느껴지는데도 읽는 것보다 소장하는 걸 좋아해서 쉽게 내다버리지 못했다. 늦은 밤에도 이른 새벽에도 우다다 하는 고양이들 때문에 아래 주인집 눈치를 보면서, 언제든 내쫓길 수 있고 갑작스럽게 이사를 갈지도 모른다는 불안감을 안고 산다. 나는 타고나길 맥시멀리스트인데 세입자라는 이유로 짐을 최소화하는 미니멀리스트가 되어 가고 있다.

하루는 날을 잡고 책장에서 많은 책을 끄집어냈다. 중고 책방에 팔려고? 아니 그걸 왜 중고 책방까지 끌고 가, 내 책방에서 팔면 되지. 끄집어낸 수십 권의 책을 책방에 들고 나갔다. 책방 밖에 놓고, '그냥 가져가도 되고 1권당 1천 원에 사면 동물보호단체에 기부하겠다'고 설명을 붙였다. 몇몇 책은 크라프트지 봉투에 넣어 책의 키워드를 써붙여 블라인드북으로 올려놨더니 반응이 좋았다. 키워드를 보면 무슨 책인지 나는 아니까 손님이 책을 사려고 가져오면 책에 대해 설명을 해줬다.

"아, 이 책! 제가 사 놓고 진짜 한 장도 안 읽은 거예요! 새 책이야, 새 책! 들추지도 않았어."

이런 설명. 블라인드북 반응이 괜찮기에 신나서 간도 쓸개도 다 빼주겠다는 심정으로 집에 가서 책을 더

{ 아무도
죽이지 않는
밥상 }

가져왔다. 그날도 천가방에 책을 한아름 들고 출근 버스에 올랐다. 창밖 풍경을 멍하니 보고 있다가 심심해서 천가방 속에 있던 책을 한 권 꺼냈다.《별맛일기》라는 만화책이었다. 한 어린이 책방에서 발견하고 마음에 들어 구매한 책이었다. 예전에도 재미있게 읽었던 기억이 있는데 버스 안에서 다시 그 재미에 빠져 단숨에 다 읽어버렸다. 할머니, 엄마와 살고 있는 별이라는 초등학교 남학생의 시선으로 쓴 음식 일기로, 친숙한 음식들과 제철음식을 만들어 이웃과 나눠 먹는 훈훈한 이야기들이 담겨 있다. 사람을 위로하고 따듯하게 안아주는 음식 이야기가 가득하다. 요리 담당은 주로 할머니이고 손주인 별이는 배우는 입장이다. 크리스마스에는 당근케이크를 굽고, 엄마가 마시고 남은 막걸리로는 술빵을 찌고, 비 오는 날에는 부추전을 부치고, 두부로 패티를 만들어 채식버거를 만들고, 봄에는 봄동으로 겉절이를 무치고, 진달래가 피면 찹쌀로 화전을 부쳐 먹는 가족이다.

제철에 집에서 해 먹는 음식들이 다 맛있어 보였다. 계절별, 절기별 먹으면 약이 되는 제철 보약들이 있다는 게 요리를 더 재미있게 했다. 봄의 맛, 여름의 맛, 가을의 맛, 겨울의 맛을 떠올리니 기분이 좋아졌다. 요리를 통해 계절을 느끼고 시간의 흐름을 체감하는 게 좋다. 인상적인 부분은 할머니가 화전을 부치며 "봄이 주는 귀한 선물이야."라고 아이들에게 말해주는 대목이었다. 그걸 보고 나도 음식을 만들 때 이 당근과 배추는 단단한 땅과 따듯한 해가 준 귀한 선물, 이 토마토와 사과는 맑은 하늘과 시원한 바람이 준 귀한 선물, 이 미역과 다시마는 넓은 바다가 준 귀한 선물이라 생각하며 요리를 한다. 그러니 재료 하나하나가 모두 소중하다.

　책방에 앉아 있으면 한 달에 한두 번 막걸리 아저씨가 와서 막걸리를 한 병씩 주고 간다. 공짜는 아니고 저렴한 가격에. 책방에서 술자리가 있을 때 먹고는 했는데 이제 그런 모임이 없다. 그래서 막걸리 좋아하는 아빠를 가져다 드렸는데, 신장암 수술 이후로 아빠는 술을 끊어서 막걸리를 어찌 할까 고민하던 차였다. 만화책에 나왔던 술빵을 보고 집에서 막걸리를 넣고 술빵 만들기를 시도해 보았다. 설탕을 많이 넣었는데도 하나도 달지 않았지만 스펀지처럼 폭신폭신한 식감을 느끼며 하나를 꿀떡 잘 먹었다. 입춘 때는 만화책에서 본 것처럼 입춘대길(立春大吉)을 적어서 현관에 붙이고 봄나물을 사다 먹었다. 올해 우리 집에 복 많이 들어와라! 고양이들도 사람도 모두 건강해라! 소원을 빌었다.

《별맛일기》는 다시 내 방 책장으로 돌아왔고 책 나눔으로 비워진 자리에는 새 책이 채워졌다. 이번에는 채식과 건강 관련 책들. 미니멀리스트가 되기에 이번 생은 많이 글렀지 싶다.

오미자국수 먹을래요?

사찰음식 수업에 참여하러 종로로 갔다. 여유 있게 도착하여 로비 한쪽 벽에 마련된 책장을 둘러봤다. 사찰음식과 차에 관련된 책들이 꽂혀 있어서 한 권을 뽑아 들었다. 체질과 증상에 맞춘 90가지 약차를 소개하는 책이었다. '무릎이 아프고 시릴 때는 우슬차?' 요즘 무릎이 아파서 가장 먼저 눈에 들어온 건 우슬차였다. 우슬은 소의 무릎을 닮은 약재로 관절 연조직을 튼튼하게 한다고 한다. 우슬과 술을 10:1 비율로 버무려 하루 동안 재운 후 프라이팬에 넣고 약한 불에 볶은 다음 물에 넣어 끓여 먹는다고 나와 있었다. 간단히 티백만 마시는 내가 보기에 이건 차가 아니고 고급 요리 수준이다. 삶이 좀 여유로워지면 약재를 기르고 덖어서 직접 차를 만들어 먹어도 좋겠다. 나에게 삶의 여유가 생기는 날이 올 것 같지 않지만. 그리고 치료 효과가 강한 차는 장복할 때 위험하니 의사와 상담하라고도 적혀 있었다. 약차든 음식이든 뭐든 몸에 들어가는 것은 모두 자기 몸의 체질과 상태에 맞춰야 한다.

요리 교실 시작 시간이 되어 큰 조리대 6개가 놓인 실습실에 들어가 앞치마를 둘렀다. 앞에 선 스님이 '오관게'를 낭독했다. 오관게는 불교에서 공양 전에 식사에 대한 고마움을 표하는 일종의 기도문이다. 책방에서 책을 계산하는 손님이 묵주반지를 끼고 있으면 마음속으로 혼자 반가워하는 나는 모태신앙 천주교 신자이지만, 주일미사는 안 가고 여기서 열심히 오관게를 되뇌고 있다. 종교가 무엇이든 두 손을 마주 대고 겸허히 신의 가름침과 뜻을 읊는 시간이 좋다.

이날은 오미자국수와 머위된장무침을 배웠다. 스님이 재미있게 설명해 주어서 마스크 안에서 낄낄 웃으며 설명을 들었다. 나물을 무칠 때 손으로 조물조물 무치는데 손의 온기가 나물에 닿아 정말 손맛을 낸다고 했다. 어떤 소금을 쓰느냐에 따라 음식 맛이 달라진다는 이야기도 흥미로웠다. 그 얘기를 듣고 마트에 가서 소금을 구경했는데 이렇게 종류가 많은 줄 몰랐다. 가는 소금과 굵은 소금 그리고 허브솔트 외에도 버섯이 가미된 소금, 훈제 소금, 이비자섬이나 히말라야산에서 채취한 독특한 소금 등등. 국수를 쫄깃하게 삶는 법도 배웠다. 레시피가 아주 간단한 요리인데 집중해서 배우고 같이 만들어서 그런지 머위된장무침의 쌉싸름한 맛, 오미자국수의 달콤새콤한 맛 모두 이전에는 먹어보지 못한 특별한 맛처럼 느껴졌다. 오미자국수는 진짜 내 입맛에 딱이었다. 오미자에이드에 국수를 말아 먹는 맛이다. 이렇게 설명하면 괴식 중의 괴식 같지만 오미자 국물이 국수와 썩 잘 어울렸다. 오미자국수가 맛있는 걸 보니 의외로 커피국수도 맛날지 모르겠다. 여름이 되면 오미자국수, 커피국수도 만들고 견과류된장찌개도 도전해 봐야겠다.

3인 1조였는데 어린 친구들과 같은 조였다. 다들 요리를 좀 하는 친구들인지 옆에서 구경만 해도 배우는 게 있었다. 레몬즙을 낼 때 바로 그릇에 짜는 게 아니고 중간에 체를 받치고 레몬을 짜니 레몬 씨가 그릇으로 떨어지지 않았다. "오!" 하는 깨달음. 그릇에 담을 때도 중앙에 소복이 올리니 더욱 정갈해 보였다. 나는 설거지를 하고 다른 이는 행주로 그릇의 물기를 닦고 또 다른 이는 오늘 만든 음식을 3등분하여 각자 가져온 용기에 옮겨 담았다. 처음 본 사이인데 손발이 척척 맞았다. 스님의 마지막 말도 인상적이었다.

"직접 만든 음식이 우리 몸으로 들어가 훌륭한 영양소가 되고 훌륭한 내가 되기를 바랍니다."

오늘은 머위, 또는 머루라고도 부르는 풀때기랑 친해졌다. 어렸을 때 '금다래 신머루'라는 국산 캐릭터 문구가 있었는데 (옛날 얘기가 제일 재미나다는 옛날 사람) 아마도 봄이면 지천에 널려 있다는 이 머위에서 따온 이름이 아닌가 싶었다. 옛날 캐릭터를 찾아보며 추억에 잠겼다. 수업을 끝내고 1층으로 내려가 상점에서 쇼핑을 했다. 전국 팔도의 특산품을 모아 판매하는 상점이었다. 오미자청도 구경하고, 쌀도 구경하고, 티백차도 구경하고. 밥할 때 넣는 톳을 살까, 표고를 살까 고민을 하다가 곤드레나물을 골랐다. 집에 가서 곤드레밥 해 먹어야지. 돌아가는 길에 마트에 들러 옻칠 깨갈이 절구도 샀다. 오미자국수 국물에 간 깨를 넣어야 해서 필요했다. 주먹만 한 절구인데 깨를 갈 때 풍기는 고소한 향이 너무 좋아서 하루에 한 번씩 깨를 갈아서 아무 요리에나 깨소금을 흩뿌리고 있다. 아, 예전에는 이렇게 깨 갈아서 돈가스소스에 섞어 먹었는데 그 소스 찍어서 먹으면 참 맛있었… 정신 차려! 싱크대롤도 샀다. 싱크볼에 올릴 수 있는 접이식 거치대인데 조리대의 연장선으로 쓸 수도 있고 설거지 후 그릇 말리는 건조대로 사용할 수도 있다. 점점 레벨업 되어 가고 있다.

오미자국수를 배운 이후로 친구들만 보면 오미자국수 이야기를 꺼냈다.

"다음에 내가 오미자국수 만들어 줄게요."

"오미자국수요? 안 먹을래요."

"고명은 딸기예요."

"안 먹을래요."

모두들 강력히 거부 의사를 밝혔다. 흠, 맛있는데. 엄마에게는 바로 오미자국수와 머위나물을 가져가 맛보여 드렸다.

"오미자국수 참 맛있다."

엄마한테 음식으로 처음 칭찬받았다. 역시 사람은 배워야 돼. 엄마랑 마주보고 앉아서 이런저런 얘기를 한다.

"엄마, 우슬차가 무릎관절에 좋대. 그거 주문할까?"

"아니, 엄마는 유별나게 뭐 챙겨 먹는 거 싫어."

단호한 엄마. 나도 건강식품 챙겨 먹는 사람은 아닌데 우슬차는 맛도 궁금하고 효과도 궁금해서 주문해 보았다.

"그리고 차가버섯차는 암에 좋대. 아빠 드시라할까?"

"아빠가 그동안 내내 먹은 물이 차가버섯 우린 물이잖아."

"그 검정 물이 차가버섯이야? 식수로 되게 오래 마셨잖아. 근데 암 걸렸네."

"아빠는 직장 생활 하면서 건강식품 선물을 많이 받아서 안 먹은 영양제가 없어. 로열젤리도 계속 먹었어."

아빠는 건강식품도 많이 먹었지만 고기도 단 것도 많이 섭취했지. 흡연과 독한 술도 즐겼고. 아빠가 한참 직장 생활을 할 때는 해외 출장을 갔다가 술을 많이 사 왔었는데 거실에 놓여 있던 술 수납장에 꼬냑과 브랜디

위스키가 가득했다. 내가 그걸 새벽마다 티 안 나게 반 잔씩 훔쳐 마시곤 했다. 분위기를 바꿀 겸 나물 이야기를 꺼냈다.

"엄마, 굳이 키우지 않아도 봄이면 지천에 널려 있는 게 머위래."

"엄마는 머위는 관심 없었고 여름에 머루랑 다래 따러 다녔지."

"머위가 머루야?"

우리 막내 요리 잘 배우고 왔나 했더니 또 헛소리하는구나 하는 눈빛으로 엄마가 나를 바라봤다.

"머위는 머위고. 머루는 포도보다 작은 거, 다래는 키위보다 작은 거"

아, 그 옛날 토종 캐릭터 금다래, 신머루는 우리 엄마가 여름에 따러 다닌 토종 과일이었구나! 엄마가 아니었으면 또 잘못된 정보를 갖고 살아갈 뻔했다. 우리 엄마 정말 척척박사다. 그나저나 식자재를 마트에서 사지 않고 철마다 나는 과일과 채소들을 땅에서 나무에서 바로 따 먹으면 얼마나 맛있을까?

이건 근 3년 사이 변함없는 0순위 소원인데 나는 정말, 진심으로 집이 갖고 싶다. 계단을 오르내리며 고양이가 우다다 할 수 있는 집. 부모님이 잠옷 바람이라도 편히 집 밖에 나가 계절을 느낄 수 있는 자그마한 마당이 딸린 집. 못 갖겠지. 나처럼 근근이 살아가는 사람이 어떻게 내 집 마련을 하겠어. 그럼 어차피 못 갖는 거 꿈은 크게 꾸자. 부엌 커야 돼. 넓은 싱크대와 아일랜드 식탁 필수. 마당에는 텃밭 부지가 별도로 있어야 하고 머루나무, 다래나무 심을 거야. 2층 집이고 옥상에 수영장 만들까? 그래, 만들자. 뭐 돈 남아도는데 다 쓰고 죽자. 우리 고양이들도 옥상 올라가서 바람 쐬고 햇볕 쬘 수 있게 안전 철창 해 놓고. 캣타워 큰 거 여러 개 세우고. 그리고 별 볼 수 있게 망원경도 하나 놓자.

집을 갖고 싶다는 욕심이 생긴 후부터 속으로 살고 싶은 집을 상상하고는 하는데 상상을 하면 할수록, 꿈을 꾸면 꿀수록 왠지 서글퍼지는 건 기분 탓이겠지? 그런 거겠지?

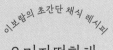

오미자떡화채

오미자청은 국수 국물로 희석해도 상큼하니 맛있고 탄산수와 함께 에이드로
마셔도 시원하니 여름 음료로 딱이다. 다른 레시피는 없는지 궁금해서 찾아보다가
알게 된 떡을 넣은 화채, 떡수단. 오미자떡화채 좋구나! 얼쑤!

① 찹쌀가루에 소금 간을 하여 뜨거
운 물로 익반죽을 한 후 30분간 랩으
로 감싸 두고 발효시킨다.

② 밀대로 반죽을 얇게 밀어 꽃 모양
틀로 모양을 찍어낸 후 끓는 물에 삶
는다.

③ 삶은 찹쌀떡은 찬물에 씻어 놓
는다.

④ 오미자청을 물에 희석한 후 레
몬즙을 뿌려 새콤달콤한 국물을 만
든다.

⑤ 오미자 국물에 찹쌀떡을 넣으면 떡화채가 완성된다.

탕수소스 만들 때 당근을 꽃 모양으로 넣으려고 사다 놓았던 꽃 모양 틀을
이렇게도 사용해본다. 모양 찍어 내는 게 재밌어서
또 있지도 않은 자식놈과 "오늘은 내가 요리사~!" 하면서 형형색색 떡화채를
같이 만들고 싶어진다. 음… 아니야, 혼자 만들어도 재미져.

텃밭 딸린 집

'지혜문고'라는 이름으로 가내수공업 방식을 통해 독립출판물을 만드는 제작자가 있다. 책뿐만 아니라 일상생활에서도 자급자족을 목표로 살아가는 비건 지향 채식인 친구이다. 이 친구는 10년간의 회사 생활을 마무리 짓고 부여에 시골집을 사서 텃밭을 일구며 고양이와 살고 있다. 가끔 책도 만들고 가끔 민박도 운영하고 가끔 여러가지 일을 하며 사는데 작년에 그 친구의 삶을 인터뷰하고 싶어서 하루 날을 잡고 놀러 갔었다.

친구의 집은 내가 꿈꾸는, 텃밭이 딸린 작은 단독주택이었다. 다락방까지 방 4개와 화장실 2개가 있는 벽돌집으로 주방이 메인인 집이었다. 싱크대가 식탁을 향하고 있어서 요리 중에도 서로의 얼굴 표정을 살피며 대화가 가능했다. 그리고 집 바로 옆에는 200평의 넓은 텃밭이 있었다. 드넓다, 드넓어. 한창 여름이라 무성하게 풀때기들이 자라 있던 텃밭.

감자, 양파, 마늘, 루콜라, 로메인, 상추, 가지, 부추 등 별별 채소가 다 있어서 텃밭이 곧 마트 신선 코너였다. 마트에서 채소를 사면 이 채소에 얼마나 많은 농약을 뿌리며 키웠는지, 어떻게 관리되어서 여기 비닐에 묶여 있는지 생산 과정을 알 수 없지만 지혜문고의 채소들은 밥상까지의 이동 경로가 투명했다. 어떤 땅에서 어떻게 자랐는지 먹는 사람이 잘 알았다. 먹는 사람이 바로 키우는 사람이니까. 포장할 필요도 없이 따서 곧장 집에 가지고 들어와 요리를 해 먹었다. 그것도 유기농. 신선하고 싱싱한 식재료들이다. 이 농작물은 왠지 비타민 B12도 함유하고 있을 거 같아.

통마늘을 반으로 잘라 오븐에 구워줬는데 크림치즈처럼 부드러웠고, 부추를 따서 된장소스로 부추비빔밥을 해줬는데 아삭하니 맛있었다. 나도 직접 나가 감자뽑기 체험을 했는데 흙 속에서 알알이 달린 감자가 우르르 나오는 게 신기했다. 지혜문고 SNS에 올라온 6종의 각기 다른 모양과 색깔의 토마토도 참 이뻤다. 매일 아침 원두를 내려 커피를 마시고 햇볕을 받으며 밭에 나가 일을 하고 편백나무 욕조에서 하루 동안 수고한 몸을 릴랙스 시켜 주고, 밤에는 소음 없는 조용한 집에서 책을 읽고 글을 쓰는 건강한 삶이 좋아 보였다. 이 집에 이사 오고 나서 한밤중에 창밖이 너무 밝길래 나가보니 달이 크게 떠 있었다는 무슨 구전 설화같은 이야기를 들려줬다. 서울의 달이나 그쪽 동네 달이나 똑같은 달인데 왜 밝기가 다른 거지? 도시의 화려한 네온사인 말고 나도 휘영청 밝은 둥근 달을 보고 싶다. 흙을 밟고 하늘을 보고 해와 달, 계절을 느끼며 살면 어떨까. 그렇게 자연과 어우러져 살면 그곳이 바로 지상낙원이 아닐까.

친구는 이 집이 오래된 구옥이라 계속 고치면서 살고 있다고 애로사항을 토로했지만 지혜문고의 지상낙원과 자연 친화 라이프스타일을 경험하고 다시 비좁은 나의 서울 집으로 돌아오니 가슴 한편이 답답해졌다. 이곳에서 그때 그 경험을 되살려 보겠다고 통마늘을 사서 반을 갈랐지만 왜 내 통마늘은 조각조각 잘라지지? 실패. 따라 한답시고 욕조 대신 플라스틱 대야에 뜨거운 물을 받아 족욕을 했다. 요건 좀 만족. 또 따라 한답시고 베란다 텃밭 세트를 검색했다. 꼭 200평 텃밭을 갖고 있지 않더라도 마음만 먹으면 옥상에서든 집 베란다에서든 뭐라도 소박하게 키울 수 있었다. 하지만 검색만 하고 사지 않았다. 실패가 뻔해서. 난 나란 인간을 잘 아니까.

이보람은 칼림바를 사서 한 번 켜고 악기를 방치해 두었고, 조각칼을 사서 지우개 도장을 하나 판 뒤 말았고, 오일파스텔을 사서 그림 5장 그리고 방치해 두는 사람이니까. 그런 과거의 경험을 미루어 그로우백과 흙을 사서 쓰레기를 만들 게 예상됐다.

에어프라이어도 살까 고민했다. 오븐은 부담스러우니까 에어프라이어 정도를 사고 싶었다. 에어프라이어만 있으면 채소로 다양한 요리를 할 수 있을 것 같았다. 하지만 이것도 사지 않았다. 집이 작아. 놓을 공간이 없어. 큰 방은 다 고양이들이 차지하고 있어서 그 방에 사람 쓰는 가구는 없고 캣타워와 고양이 집뿐이다. 베란다도 고양이 낮잠 자는 공간이라 작은 화분 놓기도 여의치 않다. 고양이 집에 얹혀 사는 집사 주제에 욕심을 부리지 말자. 언제가 좋은 날이 오겠지.

먹지 마! 몸에 안 좋아!

아빠가 2020년 12월 말에 신장암 수술을 받았고 같은 달 초, 그러니까 12월 첫째 주에는 엄마가 입원을 했었다. 며칠 무기력하고 행동이 느려지던 엄마가 갑자기 눈을 못 뜨고 의식이 흐릿한 반 혼수상태가 되어서 구급차를 불러 응급실에 갔다. 엄마는 만성 간경변 질환을 앓고 있는데 이번 원인은 간경변 합병증 중 하나인 간성뇌증이었다. 몸에서 단백질을 분해하는 과정 중에 생기는 암모니아가 간에서 걸러지지 못하고 몸 안에 남아 뇌까지 침투해 생기는 병이었다.

다행히 엄마는 입원 5일만에 회복 후 퇴원했지만 그동안의 식생활에 대해 반성하게 됐다. 저염식만 신경을 썼지 맛나는 거 좋은 거 사 드리고 싶어서 자식놈 셋이 돌아가면서 고기를 사 드려 화근이 되었던 것이다. 고기가 효도인 줄 알고 '우리 엄마 맛있는 거', '우리 엄마 좋은 거' 하면서 고기를 너무 많이 사 드렸다. 담당의에게 엄마가 고기를 안 드시는 게 좋을지 물었다.

"아니요! 골고루 드세요. 그리고 운동하세요. 근육이 있는 사람과 없는 사람은 같은 병이라도 예후가 달라져요."

악성종양으로 신장 한쪽을 떼어 낸 아빠에게는 흡연과 비만이 신장암의 원인이라며 뱃살을 빼라고 했다. 담당의에게 "신장이 한쪽만 있는 사람이 가려 먹어야 할 음식이 있을까요?" 물어보았더니,

"우리는 몸에 안 좋은 음식을 다 알고 있어요. 짠 거!"

"매운 거!"

"단 거!"

"기름진 거!"

담당의와 마주 보고 손가락을 접어 가며 주거니 받거니 하다 보니 진짜 다 알고 있는 걸 물어보았네 싶었다. 담당의가 덧붙였다.

"몸에 안 좋은 거 아예 먹지 말라는 소리 아니에요. 만약에 오늘 기름진 삼겹살을 요만큼 먹었다면 그걸 뺄 수 있을 만큼 바로 운동을 하세요. 소식하시고, 밤에 공복 상태로 주무시고, 저녁에 너무 허하면 따뜻한 차 마시고."

두 의사의 말은 일맥상통했다. 영양가 있는 음식을 골고루 먹고 운동하라는 것. 누구나 알고 있지만 알면서도 지키기 어려운 부분이기도 하다. 엄마, 아빠처럼 기저질환이 있다면 채식이냐 육식이냐를 나눌 게 아니고 기본적인 체력과 면역력을 길러야 한다. 부족함 없는 영양 공급이 필요하고 운동을 꾸준히 해야 하는 것이다.

골고루이긴 하지만 그 안에서도 아빠가 암이 재발하지 않게 그리고 만성 신부전증에 걸리지 않게 할 더 좋은 음식이 있을 것이고, 엄마에게도 더 이상 합병증이 오지 않을; 맞는 음식이 있을 것이었다. 그런데 엄마 옆에는 달달한 과자가 있었고 아빠는 캔커피를 끊은 대신 과일주스를 자주 마셨다. 과일주스도 달아서 몸에 안 좋을 것 같은데 확실히 안 좋은지도 모르겠고 아빠한테 어떻게 설명해야 할지를 몰랐다. 아빠는 늘 나한테 물어보는데 나는 아는 게 없었다.

　"보람아, 아빠 딸기주스 먹어도 되니?"

　"보람아, 아빠 통밀은 먹어도 되니?"

　"보람아, 아빠…"

　나는 우리 집 주치의가 되어야 했다. 아는 언니는 본인도 몇 해 전 암 수술을 받았다며 뭘 먹어야 할지 제대로 된 정보 찾기가 힘들었다는 이야기를 들려줬다. 도대체 환자들은 무엇을 먹고 살고 있는 거지? 질환이 있는 엄마, 아빠뿐만이 아니라 이제 50대가 된 언니 오빠도 건강에 적신호가 켜진 상태였다.

　언니야는 왜 계단을 못 오르니, 오빠야는 왜 허리를 못 펴, 올케 언니는 왜 자꾸 장염에 걸리니, 다들 왜 그러니. 나는 마흔이 되었을 때 독감이 떨어지지 않아 고생을 했다. 콧물, 가래에 잠에서 깨면 눈곱이 엉겨 붙어서 눈을 뜨지 못했다. 마흔을 맞아 면역력이 확 떨어졌다는 걸 감기로 알 수 있었다. 쉰에는 또 얼마나 약해질까. 나도 무릎관절이 점점 더 안 좋아지고 여기저기 아프지만 혈기왕성한 10대 조카들을 제외하면 우리 식구 중 가장 건강한 사람은 나였다. 나를 위해서라도 다른 가족을 위해서라도 건강에 대해 내가 공부해야 했다.

예전이라면 재미없다고 바로 채널을 돌리던 아침 방송도 건강 상식을 알려주는 코너가 나오면 채널을 돌리지 않고 틀어놓고 본다. 간 해독에 연근유자피클이 좋아? 엄마 만들어 드려야겠네. 식후 낮잠이 위와 식도를 태운다고? 아빠가 밥 먹고 소파에서 꾸벅꾸벅 졸던데. 무릎관절이 아프면 허벅지 근육을 키워서 진통제 역할을 시킨다고? 나도 허벅지 근육을 키워야겠다. 등산을 가야겠는걸.

음식에 대해서도 공부했다. '의학의 아버지' 히포크라테스가 그런 말을 했다지. "음식으로 못 고치는 병은 의사도 못 고친다." 우리나라 동의보감에는 몸에 약이 되는 건강 식재료들이 소개되어 있고 인도의 전통의학 아유르베다에서도 음식의 중요성을 강조한다. 의학과 음식은 떼려야 뗄 수 없는 관계이다. 고양이도 잘 먹으면 웬만한 염증은 낫는다. 아픈 고양이들을 키워보니 아파서 못생겼던 얼굴도 잘 먹으면 눈이 초롱초롱해지고 금세 이뻐진다. 그래서 고양이를 키우면서 가장 걱정될 때가 못 먹을 때이다. 하악이가 신부전증으로 입원 전 밥을 잘 못 먹었는데 그걸 반찬 투정한다고 생각해서 신경질을 낸 적이 있다. 그게 지금 생각해도 미안하다. 참 모르는 게 많은 집사였다. 건강은 매일 먹는 밥 한 끼에서부터 시작된다는 걸 그 기본을 자꾸 잊고 산다. 음식이 건강이고, 건강이 행복임을 나이가 들수록 깨닫고 있다.

코로나19 이후 세상이 너무 빨리 바뀌어서 적응을 못 할까봐 뒤쳐지지 않기 위해 비즈니스 트렌드 책을 사서 독서 모임을 했다. 그런데 지금 나의 관심사는 건강으로 바뀌었다. 비즈니스 트렌드가 중요한 게 아냐. 내일 당장 쓰러져도 이상하지 않을 정도로 우리의 건강은 위협을 받고 있다고! 건강 서적을 틈틈이 정독했다. 골고루 먹되 채식 위주의 식단이 건강에 좋다고 많은 전문의가 말하고 있었고, 지금 내가 지키려고 노력하는 이 채식 식단이 우리 가족의 건강도 지켜줄 수 있을 것 같았다. 하지만 문제는 우리 가족 모두 "난 생채소는 못 먹어." 하는 집안이라는 것.

일주일에 두 번씩 엄마 아빠 집으로 퇴근을 해서 같이 있는 시간을 늘렸다. 밤 늦은 시각에 서울 근교에 위치한 집에 도착하면 엄마 침대 밑에 사선으로 이불을 깔고 누워서 엄마랑 트로트 프로그램과 중국 드라마를 보다가 잠이 들었다. 그리고 아침에 일어나서 간식을 만들거나 먹을 거리를 만들었다. 땅콩버터를 좋아하는 아빠를 위해 땅콩소스 찍어 드시라고 월남쌈을 해드렸다. 빨강, 노랑의 파프리카, 주황색 당근, 초록색 깻잎을 넣으니 빨주노초 컬러의 보기에도 이쁜 월남쌈이 되었다. 부드러운 식감을 위해 엄마 아빠 월남쌈에는 맛살을 찢어서 넣었다. 그런 걸 처음 먹어본 아빠는 이 끈적한 비닐을 벗겨 먹어야 하냐고 물었다. 아니, 그냥 한입에 드셔.

어느 날부터는 월남쌈을 프라이팬에 구웠다. 그러면 끈적한 비닐 식감이 아닌 쫄깃바삭한 군만두 같은 월남쌈이 된다. 라이스페이퍼 안에 감자를 넣은 적도 있는데 아빠를 드리진 않았다. 아빠는 가난한 시절에 많이 먹었다며 감자를 좋아하지 않는다. 그리고 과자보다는 떡이 나을 것 같아서 달달한 경단을 만들려고 했으나 반죽이 망했고, 그 후로 엄마 아빠는 내가 찹쌀경단을 만든다고 하면 아무 기대도 반응도 없다. 가공식품도 줄이려고 애썼다. 되도록이면 원재료를 사서 부족한 실력이지만 요리를 하려고 했다. 하지만 가공식품은 너무 편리하고 더 맛있고 너무 많아서, 언니 오빠도 가공식품을 많이 먹고 있었다.

캔커피를 자주 마신다는 오빠에게,

"캔커피 먹지 마!"

"왜?"

"액체로 된 단 음료가 몸에 들어가면 혈당 스파이크가 일어나. 당을 내리려고 인슐린이 많이 분비된단 말이야. 그게 자꾸 반복되면 인슐린 기능이 떨어져서 당뇨병, 고혈압 같은 병이 생기는 거야!"라고 속으로만 말했다. 입을 오물거리는 나를 보다가 오빠가 먼저 대답했다.

"몸에 안 좋아서? 너 그거 못 봤냐? 100살 먹은 할머니인데 하루에 탄산음료를 3캔씩 마신대. 그 할머니가 그랬대잖아. 의사들이 나에게 위험하다고 경고했지만 그 의사들이 먼저 세상을 떠났다고. 몸에 안 좋은 게어디 한두 가지야? 그렇게 따지면 오빠는 담배부터 끊어야 돼."

전날 먹고 남은 피자를 전자레인지에 데우고 있는 언니에게도,

"피자 먹지 마!"

"왜?"

"정크푸드는 영양가는 낮고 각종 화학 첨가물이 많

이 들어가 있어서 만성질환의 원인이 된다고. 고지방, 고당분, 고나트륨 음식을 자주 먹으면 면역체계가 무너져. 치매 위험도 높이고.”라고 이번에도 속으로 말했다. 피자를 꺼내며 언니가 말하길,

"몸에 안 좋아서? 그런 거 따지느라 먹고 싶은 거 못 먹고 스트레스 받고 사느니 나는 먹고 싶은 거 맛있게 먹을란다."

그렇지. 건강 생각한답시고 먹는 거 안 먹는 거 검열해서 이것저것 빼다 보면 스트레스만 받지. 아빠가 입원했을 때의 일이 떠올랐다. 신장 적출 수술 후 아빠는 금식을 해야 했는데 이틀 후 금식이 풀리자마자 나에게 빵과 주스가 먹고 싶다고 하였다. 하지만 나는 단호하게 아빠는 단 거 드시면 안 된다고 빵도 주스도 사다드리지 않았다. 옆 침상에서 남편을 간병하던 아주머니를 휴게실에서 마주쳤는데 아주머니가 본인 시어머니 이야기를 들려주었다. 시어머니가 예순다섯에 암덩어리 떼어내고 식습관을 못 고쳐 평생 맵고 짜게 드셨는데 그후 20년을 안 아프고 천수를 누리다 가셨다며, 아버지 먹고 싶은 음식은 드시도록 하는 게 나을 수도 있다고. 인생에도 정답 없고 식단에도 정답이 없다.

그래도 무조건 다 드시라 할 수 없으니 이후에도 "먹지마! 몸에 안 좋아!"를 자주 외쳤다. 제대로 설명 못 하는 것도 여전했다. 이런 주치의라서 미안.

일단 내가 건강식을 해 먹어 보고 검증이 되면 가족들에게 소개하는 수밖에. 말만 떠들지 말고 몸으로 보여주자. 채식 식단 중에 자연식물식이 있다. 식물성 재료를 가열하거나 가공하지 않고 최대한 있는 그대로 섭취하는 방법이다. 나도 자연식물식을 해보기로 했다. 샐러드를 먹으라는 얘기잖아. 근데 드레싱도 없고 치킨, 참치, 연어도 없이 샐러드가 맛있으려나 고민하던 때쯤 파스타집에 갔다가 샐러드 서비스를 받았다. 비트 샐러드였는데 풀때기와 비트 위에 뿌린 올리브유가 드레싱의 전부였다. 그걸 흉내내 보기로 했다.

바닥에 잎채소 깔고 위에 비트를 강판에 갈아서 올리고 치즈도 조금 올리고 올리브유를 휘 뿌리면 나만의 자연식물식 완성. 비트나 치즈는 먹을 만했는데 생풀때기를 억지로 씹고 넘기려고 하면 혀가 목구멍을 막았다. 창과 방패처럼 윗니, 아랫니는 씹어서 넘기려 하고 혀는 막아내려 안간힘을 써서 아침마다 토할 것 같았다. 이 식단은 현미생쌀을 불려서 같이 씹어 먹어야 더

욱 완벽해진다. 생채소도 못 먹고 있는데 생쌀을 먹으라고? 건강 챙기기 정말 더럽게 어렵네. 건강식이고 나발이고 때려치울까 욱했다. 일단 생쌀은 말고 채소만이라도 꾸준히 먹어보자며 여전히 매일 아침마다 입 안의 전쟁을 겪고 있다. 그런데 전쟁은 전쟁인데 희한하게도 내가, 채소의 매력에 빠져 가고 있었다.

잎채소 위에 어느 날은 당근도 같이 올리고 어느 날은 노란 피망을 올렸다. 샐러드를 다양하게 만들다 보니 맛은 둘째 치고 색이 너무 이쁜 거다. 녹색에 주황에 노랑에 빨강에 더 진한 색도 넣고 싶어서 슈퍼푸드 중 하나인 블루베리도 사와서 뿌려 주었다. 마치 그림 그리는 사람처럼 색에 신경을 썼다. 과일과 채소의 색이 너무 잘 어울렸다. 색을 조합하다 보면 과채류를 다양하게 먹을 수밖에 없었다. 마트 가는 길이 더 즐거워졌다. 다양한 모양과 색깔의 채소들이 보고 싶어서 룰루랄라 뛰어간다. 오늘은 무슨 색깔 사지? 하며, 물감을 사는 미술학도처럼 눈이 반짝반짝 빛난다.

토마토, 딸기, 파프리카, 고추의 빨강이 다 다른 것도 매력적이다. 빨간색이라고 다 같은 빨강이 아니고 초록색이라고 다 같은 초록이 아니었다. 적양배추를 물에 담궈 두면 파란 물이 빠지고 오래 끓이면 보라색 물이 빠지는데 이 색도 너무 이뻤다. 이렇게 색이 고우니 자연으로 염색을 했구나. 적양배추로 보라색 염료를 만들고 양파 껍질로 카키색을 만드는 영상을 보니 때깔이 너무 곱다. 인공적이거나 혼탁한 색이 아닌 자연의 색이 이렇게 이쁜데 그동안 나는 "초록색 테이프의 그 초록색을 좋아해요!"라고 대답했다니, 아이고야. 앞으로는 "제가 좋아하는 색은 토마토의 빨강이요, 루콜라의 초록이요, 당근의 주황이요." 하게 될 것 같다.

채소를 많이 먹다보니 뱃살이 좀 빠졌다. 겉으로 티는 안 나지만 나는 안다. 내 뱃살이 좀 빠졌음을. 아, 생식을 먹을 때 기생충이 걱정된다면 봄, 가을에 한 번씩 구충제를 먹으면 된다. 그리고 '파이토케미컬'이라는 용어를 알게 되었다. 식물에 독특한 맛, 향, 색깔을 부여하며 각각 재료 고유의 개성을 나타내주는, 건강 유지에 필요한 성분이다. 파이토케미컬이 우리 몸을 지켜준다.[39] 고기에는 없는 파이토케미컬은 일부에서 제7대 영양소로 불린다. 복습으로 짚고 가자면 단백질, 탄수화물, 지방이 3대 영양소, 무기질, 비타민까지가 5대 영양소, 식물에 많이 든 식이섬유가 6대, 역시 식물에 많이 든 파이토케미컬이 7대 영양소.

　　엄마에게 샐러드를 제안했지만 엄마는 생채소가 싫다고 했다. 엄마 뭐 드리지 고민하다가 아침에 찬 음식보다는 따뜻한 게 좋다며 채소수프를 추천하는 영상을 우연찮게 보게 됐다. 그래, 생식 말고 화식으로 채소를 섭취해보자. 히포크라테스가 2,500여 년 전에 암 환자를 위해 만든 채소수프를.

매일 아침 채소수프

갑자기 장보기 팁! 난각번호가 달걀의 사육 환경을 나타내듯이 수입 과일에 붙어 있는 숫자 스티커를 통해 재배 방식을 알 수 있다. 스티커 속 숫자가 3, 4로 시작하면 일반 농약 재배, 9로 시작하면 유기농이다. 오호라, 암호의 규칙을 알게 된 기분이다. 당장 며칠 전에 산 레몬을 냉장고에서 꺼내보았다. 4로 시작했다. 어제 산 바나나도 들춰 보았는데 거기에는 스티커가 없었다. 코드 정보 부착이 의무 사항은 아니라고 한다. 하지만 앞으로 수입 과일을 살 때는 숫자를 확인해서 코드 스티커가 붙어 있다면 9로 시작하는 과일을 선택해야겠다. 8로 시작하는 건 유전자 변형 식품이라는 루머가 떠

돌았지만 사실이 아니라고 한다. 그렇다면 유전자 변형 식품은 확인이 불가능한 건가. 소비자로서 불안하지만 유전자 변형 식품은 이미 우리 먹거리 속에 깊숙이 침투한 상태이다. 어제도 성분표에 "유전자 변형 옥수수 포함 가능성 있음"이라고 적힌 과자를 먹었다, 맛있게. (한숨)

　　건강을 위해 채소수프를 먹는 거니까 이왕이면 좋은 재료를 사려고 한다. 유기농 과일이나 채소가 비싸긴 하지만 돈 몇 푼 아끼다가 건강을 잃으면 나중에 너무 억울하지 않을까? 내 주변 집사들이 그런 말을 한다. 고양이들에게 비싸더라도 좋은 사료를 사준다고. 나중에 병원비 나가는 것보다 사료 사는 게 훨씬 저렴하다고. 좋은 사료를 먹은 고양이들은 모질부터 다르다. 너무 부드러워서 계속 쓰다듬어 주고 싶다. 사람도 마찬가지이다. 좋은 음식을 먹어야 건강해질 수 있다. 마트 유기농 코너에 가서 유기농으로 살 수 있는 채소를 먼저 골랐다. 채소수프를 끓일 때는 유기농 채소도 중요하지만 냄비도 알루미늄은 안 되고 유리 용기에 끓여야 효능이 좋다는 글을 읽었다. 우리 집 가스레인지 위 코팅이 다 벗겨진 냄비를 바라보다가 건강 챙기기 정말 더럽게 어렵네, 채소수프고 나발이고 때려치울까 욱했다. 냄비는 나중에 사더라도 일단 수프를 끓여보자.

채소수프 관련 책도 샀다. 왜 그동안 채소수프를 모르고 살았을까 의아할 정도로 채소수프 서적은 십수 년 전부터 꾸준히 출간되고 있었다. 제목만 봐도 기적이 일어날 것 같고 최강이 될 것 같은 베스트셀러 책들이었다. 음식은 무엇을 먹느냐보다 얼마나 잘 소화시키고 체내에 얼마나 흡수되느냐가 더 중요하다. 급하게 먹지 말고 꼭꼭 음식물을 오래 씹어야 하는 것도 같은 이유이다. 채소도 생식보다는 화식이 흡수가 더 좋다고 한다. 대다수의 파이토케미컬은 식물의 단단한 세포벽 속에 있다. 세포벽을 파괴하는 가장 간단한 방법은 채소를 가열해서 수프로 만드는 것이라고 책에서는 설명한다. 아니, 근데 채소는 가열하면 비타민이 파괴되는 것 아닌가? 가열하면 비타민 C가 파괴되는 것은 맞다. 하지만 수프로 끓일 경우 수프에 녹아 있으므로 수프를 마시면 된다.[40]

만드는 방법은 너무 쉽다. 그동안 내가 먹어온 수프는 가루를 뜨거운 물에 풀어서 먹는 인스턴트 식품 정도였는데 그만큼이나 조리가 간단했다. 간을 맞출 필요도 레시피를 찾아보는 수고로움도 없다. 우유도 달걀도 생선도 고기도 필요하지 않다. 냉장고 속에 있는 채소들을 다 썰어서 물에 넣고 끓이면 끝. 나 홀로 그걸 '때려 박기'라 부르고 있다. 오늘은 뭘 때려 박지? 하며 냉장고 속 채소를 살피는 게 아침에 눈 뜨자마자 하는 일. 어차피 블렌더로 갈아서 마실 거라 멍이 든 사과도 시들한 풀때기도 빛 바랜 잎채소도 딱딱한 채소 꼬다리도 다 넣고 끓이면 된다. 볶은 후 끓여도 되는데 과정을 한 단계라도 줄이고 싶어서 가장 간편한 방식인 때려 박고 끓이기를 택했다.

　　나의 간편 레시피는 다음과 같다. 시금치, 샐러리, 당근, 양파, 배추, 무 등 냉장고에 있는 채소들을 다 소량씩 썰어 놓는다. 깍둑썰기를 하든 채를 썰든 상관없다. 풀때기를 뜯어 넣든 오려 넣든 역시 상관없다. 어차피 갈아버릴 거니까. 우리 집 머그컵 기준으로 물 2컵 가득 냄비에 붓는다. 병아리콩의 경우 물을 빨아들이므로 물을 1.5배 더 늘려 3컵 넣어야 한다. 물이 나오는 토마토의 경우 1.5배 적게 1컵만. 끓는 물에 소금으로 간을 살짝 하고, 물이 끓으면 준비한 재료들을 다 넣고 끓인다. 사과를 넣으면 단맛이 가미되고 감자와 버섯을 넣으면 식감이 훨씬 부드러워진다. 말린 재료는 수프에 넣기 전에 미리 오랫동안 푹 불리고 한번 익혀야 블렌더에 잘 갈린다. 단호박은 전자레인지에 7분 정도 돌린 후 껍질이 물렁해지면 속살만 잘라서 끓여주는데, 단호박의 경우 설탕 없이도 달고 맛있어서 입맛 없을 때 해 먹기 좋다. 딱딱한 재료를 주걱으로 눌렀을 때 잘 으깨질 때까지 20분 이상 푹 끓인다. '하루하루 문숙' 유튜브 영상 중 '산성화된 몸을 해독해주는 채소수프 레시피'를 보고 월계수 잎도 사보았다. (연남동 중국 식자재 마트에서 판다.) 월계수 잎은 끓이다가 마지막 블렌더에 넣기 전에 빼면 된다. 다 끓으면 블렌더로 갈아서 건더기 없는 걸쭉한 포타주 타입으로 만든다. 그러면 최종 결과물이 이유식처럼 되는데 재료에 따라 나오는 색깔도 신기하다.

시금치를 많이 넣으면 녹즙 같은 초록색, 브로콜리를 많이 넣으면 녹즙보다는 연한 초록색, 당근과 비트를 넣으면 이쁜 다홍색 수프가 된다. 수프를 만들 때도 매일 아침 그림을 그리는 기분이다. 좀 더 든든하게 즐기고 싶다면 오트밀을 넣고 같이 끓이거나 완성된 수프 위에 구운 템페나 으깬 견과류를 뿌려 먹으면 씹는 맛도 있고 더 포만감을 느낄 수 있다. 그릇에 담은 후 마지막으로 올리브유를 칙칙 뿌려주면 끝. (이번에 올리브유를 스프레이형으로 샀다.) 한 입 한 입 떠서 오랜 시간에 걸쳐 천천히 먹는다. 뜨거우니까. 솔직히 맛있다고는 할 수 없지만 먹을 만하다. 부담없이 다양한 채소를 양껏 섭취할 수 있고 따뜻하니 속도 편안하게 해준다.

　　아침마다 먹는 이 수프가 나한테 제법 잘 맞는다고 느낀 게, 몇 년간 나를 괴롭히던 아랫배의 뻐근함이 많이 나았다. (수프의 신 님, 무릎관절도 낫게 해주세요.) 내 사주에 초록을 가까이 하라더니 그게 나무나 화분이 아니고 먹는 풀때기였나 싶게 채소수프가 좋아졌다. 하지만 며칠 후 이번에는 허벅지가 시리기 시작, 이놈의 몸뚱아리가 늙어가는 게 원망스러울 뿐이다. 나이 들수록 깜빡이도 안 켜고 들어오는 노화는 어쩔 수 없지만 그래도 나는 충분히 내 건강과 식생활에 만족한다. 숙취에 머리 아파하며 우유를 원샷 때린 뒤 바로 잠들고, 술취하면 편의점에 들어가 삼각김밥을 뜯어 먹으며 귀가하고, 냉동볶음밥을 전자레인지에 돌려 먹고, 기름진 꽈배기로 배를 채우고, 책방에 앉아 과자를 주워 먹던 과거의 나보다 현재의 내가 훨씬 더 좋다. 예전에는 햄,

달걀, 김치를 돌려 가며 반찬을 해 먹었다면 현재는 더 풍성하고 다양한 식재료로 식탁을 채우고 있다. 요리하고 먹는 이 시간이 활기차고 건강하다. 매일매일 몸의 컨디션도 좋다.

수프로 채소를 섭취를 하는 게 부담도 없고 풍부한 식이섬유로 엄마의 배변 활동에도 도움이 될 것이기에 엄마 아빠 집에 가서도 수프 만들기를 시도했다. 포타주 형태로 만들려고 하는데 블렌더가 없어서 만 원짜리 도깨비방망이를 주문했다. 아침에 일어나 열심히 채소를 썰었다. 이 집 싱크대는 더 좁다. 좁은 조리대에 작은 도마를 올려 놓고 도마 주변에 채소가 막 떨어지면 주워 담으며 채소를 썬다. 분주히 아침을 준비하는데 아빠가 나를 보더니 뭘 그렇게 바쁘게 하냐며 밥 먹고 하란다. 아침밥 차리고 있는데 밥 먹고 하라니…. 아무리 영양 만점이라고 해도 엄마 아빠에게 수프 따위는 아침일 리가 없는 거다. 파이토케미컬이 풍부한 채소수프는 맹독인 몸속 활성산소를 제거해 암 예방에도 효과적이지만 칼륨이 많은 채소를 과다섭취하면 신장에 무리가 갈 수 있어서 아빠에게는 채소수프 대신 신장암 예방에 좋다고 하는 검은콩을 끓여 국물을 드리고, 우선 엄마에게만 수프를 내밀었다.

"난 채소 먹으면 위로 풀 냄새가 올라와. 안 먹어."

"나도 그래. 나는 뭐 채소 좋아하나? 내가 엄마 딸인데. 근데 이건 먹을 만해."

갈비탕 먹을 때 국물에 떠 있는 파는 건져 내고 먹는 식성이 똑닮은 두 모녀가 마주 보고 앉아 채소수프를 먹었다. 엄마가 생각보다 먹을 만하고 속이 편하다고 말해주었다. 얼굴은 다시 먹고 싶지 않다는 표정이었지만 또 해 드렸다. 간에 무청이 좋다는 얘기를 어디서 주워 듣고 와서 말린 무청을 밤새 불려 끓인 뒤 블렌더로 갈았는데 질긴 줄기가 씹혀서 먹기 불편했다. 그뒤로 건나물은 수프로 만들지 않고, 불려서 밥을 넣고 뭉근히 끓여 참기름과 간장을 넣고 죽으로 먹었는데, 나물죽도 먹고 나면 속이 든든했다. 이제 또 무슨 수프를 끓여 드릴까? 호박을 넣을까? 토마토를 넣을까? 동물을 죽이지 않는 이 따뜻한 한 끼가 동물도 살리고 우리 가족도 살려주는 밥이었으면 좋겠다.

어느 날은 냉장고를 열었는데 채소통에 당근과 양파가 한두 조각밖에 남지 않아서 마치 곳간에 쌀이 떨어진 사람처럼 좌절했다. 찬장에 라면이 있고 냉장고에 달걀이 있었는데 라면 먹을 생각을 못 했다. 언젠가부터 아침에 밀가루를 먹으면 배가 더부룩하다. 양념이 센 음식을 먹으면 속이 쓰리기도 한다. 입맛이 변한 건가, 위가 예민해진 건가? 아니면 채소수프 중독자라도 된 건가? 따뜻한 채소수프를 못 먹는다는 사실에 괜히 슬프기까지 했다. 얼마 전까지만 해도 타고난 육식주의자라고 생각했던 나에게 이런 일상이 펼쳐질 줄은 꿈에도 몰랐다. 개인적으로 장족의 발전, 아니 빛나는 발전이 아닐 수 없다. 혼자서 성장 드라마를 쓰고 있는 기분이다.

4 이번 지구는 망한 듯

소고기는 안 먹지만 소가죽 신발은?

　　채식을 시작한 이후로 장을 보러 가면 동물성 성분이 들어간 것들은 제한다. 건강식을 염두에 둔 이후로는 동물성 식품을 제한 것들 중에서 가공식품도 제하고 되도록 원재료나 몸에 좋은 식재료를 사려고 한다. 그 안에서도 과도한 포장의 상품은 되도록 빼고 플라스틱 프리 제품을 고른다. 그것만으로도 살 수 있는 품목이 줄어드는데, 소비할 때 따져야 할 것들은 이뿐만이 아니다. 불편한 진실은 세상에 차고 넘친다. 비거니즘은 식단에만 국한되지 않는다. 화장품을 살 때도 동물실험이 이뤄진 제품인지 확인하고, 옷을 살 때도 동물 털이나 가죽이 들어갔는지 확인하는 등 생활 전반에 걸쳐 동물권을 옹호하고 종차별을 반대한다. 이것이 진정한 비거니즘이다. 어렵다. 그런데 고통당하는 생명을 보고 있으면 마음이 불편한 걸 넘어 아픈 동물들을 구하고 싶고 세상을 바꾸고 싶어진다.

토끼를 틀에 가두고 화학물질인 마스카라를 수천 번 바르는 실험 장면이 공개돼 논란이 된 적이 있다. 실험 자체로도 고통인데, 토끼는 화학 약물에 대한 독성 반응을 관찰하기 위해 안락사 후 안구를 적출 당한다. 생리대 유해물질 독성 검사를 위해 토끼나 원숭이의 생식기에 생리대를 반복 삽입하며 체내 독소 반응을 검사하기도 한다. 농림축산검역본부의 조사에 의하면 2017년 국내 실험동물은 3o8만 마리이고 매년 증가 추세이며 실험동물은 우리가 흔히 알고 있는 실험용 쥐가 9o퍼센트를 차지하고 어류와 닭, 토끼, 돼지, 원숭이, 개도 포함된다.[41] 동물보호단체들은 부득이하게 필요한 실험이라면 윤리적으로 이뤄져야 한다고 주장한다.

작년에는 난청 관련 연구논문을 위해 어느 병원 교수가 건강한 고양이 6마리에게 특정 약물을 투여해 청력을 떨어뜨리는 실험을 했다. 실험에 참여한 연구원이 실험이 끝난 후 병든 고양이를 본인이 키우거나 입양을 보내겠다고 했지만, 고양이는 마취제 없이 고통스럽게 안락사 당했다. 해당 연구가 연구비를 받기 위한 가짜 연구였다는 주장이 제기되면서 더욱 문제가 되었다. 이처럼 불필요하거나 비윤리적인 동물실험을 막기 위한 노력도 있는데, 제조 과정에 동물 착취나 학대가 없었다는 '크루얼티 프리' 인증 제품이 늘어나고 환경과 윤리적 소비를 고려해서 제품을 고르는 '그린 컨슈머'들도 점점 더 많아지고 있다.

나 역시 불편한 진실들을 깨닫고 소비로 목소리를 내는 그린 컨슈머가 되어야겠다고 다짐했는데 작년 겨울에 맙소사, 내가 오리털 잠바를 사고 말았다. 채식을 하고 있는 중이었고 오리와 거위들이 산 채로 털이 뽑히는 사실을 알고 있으면서도 싸다는 이유로 아무 생각 없이 오리털 잠바를 샀다. '겨울 잠바 하나 필요한데 색깔도 이쁘고 가격도 싸네, 이거야!' 하고 아무 생각 없이 바로 계산을 해버렸다. 반성한다. 그러면 나는 무슨 잠바를 샀어야 했을까. 인공충전재 잠바를 선택했어야 했나. 인공충전재인 합성섬유는 썩지 않는 문제뿐 아니라 세탁하는 과정에서 미세플라스틱이 물과 함께 배출돼 해양을 오염시킨다는 문제점이 있다. 크루얼티 프리 마크처럼 옷을 살 때 윤리적으로 동물의 털을 채취했다는 RDS(Responsible Down Standard) 제품인지 확인하는 것도 하나의 방법이다. 동물뼈, 소뿔, 자개로 만든 단추도 있으니 비거니즘을 실천하고 싶다면 단추들도 눈여겨 보자. 그런데 단추에는 성분표도 없는데 소비자가 어떻게 알까? 비거니즘 그놈 참 어렵다.

새 제품이 아닌 중고 옷을 사는 것도 환경과 동물을 위한 길이다. 한번 사서 오래 입고 버리지 않는 것도 좋은 방법이고. 나는 옷이 별로 없어서 거의 단벌신사 수준인데 이번 간절기에도 보풀이 가득한 회색 후드티를 거의 매일 입었다. 환경을 위해서라기보다 옷에 별로 관심이 없다. 내년 간절기에도 보풀 가득한 후드티를 입고 책방에 앉아 있을 것이다. 그런데 옷에 아무리 관심이 없다지만 외출 전 거울을 볼 때마다 요즘 내 몰골 참 초라해 보인다. 언제 하루 날 잡고 빈티지숍에 가서 이쁜 중고 옷을 골라 봐야겠다. 신발은 천으로 된 단화를 주로 산다. 그런데 신발장을 열어보니 언제 샀는지 기억도 안 나는 스웨이드 운동화 2켤레와 신지 않는 소가죽 구두가 보였다. 평생 알게 모르게 나는 계속 동물들을 착취하며 살아왔구나.

동물 착취 산업으로 빼놓을 수 없는 동물원과 동물

쇼는 동물을 단순 오락거리로 전락시킨다. 설상가상 코로나19라는 최악의 상황으로 동물원 운영이 중지되었다. 추운 환경에서 살아야 하는 동물, 더운 환경에서 살아야 하는 동물이 한 공간에서 살아가는 곳이라 관리가 만만치 않다고 한다. 사료값조차 부족해 사료를 줄였다는 뉴스에 동물원에 닭 보내기 운동도 진행됐다. 그나마 어렵게라도 운영이 되는 곳은 형편이 나은 편이다. 아예 관리인 없이 동물들만 방치된 동물원도 있고 해외의 어느 동물원에서는 동물들의 안락사를 고려하고 있다고 한다. 동물원에서 나고 자란 아이들이라서 야생성이 전혀 없기 때문에 자연으로 방사시킬 수도 없다. 처음부터 동물원에 가두고 야생동물을 키운 게 문제였을까? 이러지도 저러지도 못하는 이 생명들을 어떡해야하나.

일부에서는 동물원을 전시용이 아닌 보호소용으로 운영하는 게 바람직하다고 말한다. 아프거나 멸종 위기에 처한 동물을 보호소로 데려와 치료하고 보호하는 게 동물원의 순기능이라고. 이탈리아, 오스트리아, 싱가포르, 덴마크, 이스라엘 등 점점 더 많은 국가들이 동물쇼를 법으로 금지하고 있다. 독일에서는 실제 동물이 아닌 대형 홀로그램으로 동물쇼를 보여주는데 영상으로 봐도 화려하고 멋지다. 국내에서는 동물원과 수족관에서의 동물쇼 금지법과 야생동물 전시 금지법이 작년에 발의되어 심의 중에 있으며, 제주에 건설 예정이었던 동물테마파크는 환경 훼손 논란과 주민 갈등으로 사업이 무산되기도 했다. 고기 안 먹기와 더불어 동물쇼, 동물원 안 가기, 고기 사진 SNS에 올리지 않기 등 동물권을 침해하거나 소비를 권장하는 행동을 하지 않는 것도 비거니즘 활동에 포함된다. 아직 안 끝났다. 동물과 지구를 생각한다면 소비 제한을 둬야 하는 범위는 더 커진다.

　루왁 커피 생산을 위해 작은 우리에 갇혀 커피 제조기로 살아가는 사향고양이는 정신질환으로 자신의 팔다리를 물어뜯는다. 우유를 대체했던 코코넛밀크의 코코넛은 목줄이 묶인 원숭이를 노동 착취한 결과물이다. 채식 라면은 동물성 성분이 들어가 있지 않지만 라면에 함유된 팜유가 문제이다. 오랑우탄의 서식지를 불태워 팜 농장을 만드는데 그 결과 오랑우탄은 불타 죽거나 암거래로 팔려 나간다. 또한 수입 제품은 운송 기간 동안 탄소를 발생시켜 환경을 오염시키고, 인기 있는 식물성 재료인 아보카도는 심각한 물 부족 문제를 야기한다.

그럼 뭘 사고 뭘 먹어야 하지? 동물 성분으로 만들어지지 않는 제품 또한 어차피 만드는 공정에서 환경을 파괴하고 쓰레기가 되어 또 동물을 괴롭힐 텐데? 내가 모르는 불편한 진실은 더 많겠지. 어차피 지구는 망한 것 같은데 그냥 다 같이 때려치울까? 인터넷에 떠도는 글에 의하면 진정한 친환경은 인간이 죽는 거라고 하던데 그냥 다 같이 죽으면 될까? (한숨)

아니! 인간은 똑똑하니까 지구를 지켜내고 동물과 공생하는 방법을 찾아낼 것이다. 그런데 그거 봤어? 얼마 전에 SNS에 올라왔던 건데 미용 실습견 동영상. 싱크대에서 찬물 목욕을 하고 있는 작은 강아지는 배에 커다란 종양이 있었다. 번식농장에서 번식견으로 살아가다가 임신을 못 하는 기간에는 미용학원에 실려와 또 물건처럼 다뤄지고 미숙한 가위질에 살갗이 베어 피가 나고 다시 번식농장으로 돌아간다. 똑똑한 인간이 동물과 공생하는 방법을 찾는 중에 그 가여운 아이는 종양 치료는커녕 따듯한 손길 한번 받아보지 못하고 죽어가겠지. 난 이렇게 스마트폰만 보고 안타까워할 테고. 커다란 눈망울이 자꾸 떠올라. 살려달라고 말하고 있는 것 같아. 살처분으로 생매장 당하는 동물들, 도축장으로 실려가는 동물들, 착취와 폭력에 방치된 동물들…. 지금 이 시간에도 전 세계 곳곳에서 동물들이 무섭다고 살려달라고 말하고 있는데 모두가 공생하는 세상은 언제 도래하는 거야?

지구를, 아니 나를 지켜라

    코로나19 이후에 우리의 외출 필수품이 되어버린 마스크. 전 세계인이 쓰는 마스크가 쓰레기로 매일 쏟아져 나오고 있는데 어느 날 뉴스에서 두 다리가 마스크 끈에 묶인 새를 보았다. 어느 새는 부리에 물병 뚜껑 고리가 끼어서 부리를 여닫을 수 없었고, 어느 영상에서는 거북이 코에 빨대가 깊숙이 끼어서 그걸 빼내는데 빨간 피가 흐르고 거북이가 입을 벌리며 아파했다. 링으로 된 플라스틱이 거북이 몸통 중간에 끼어서 모래시계 모양처럼 기형적으로 자란 거북이도 있었다. 플라스틱과 쓰레기 대란으로 난리라고 할 때는, 그냥 걱정을 하고 말았는데 그로 인해 동물들이 아파하는 걸 보면 감정이 심하게 동요된다. 인간들이 쉽게 버린 플라스틱이 동물들의 목숨까지 위협하고 있다고, 쟤들은 손이 없는데 저거 누가 풀어줄 거냐고 왕왕 울고 싶어진다.

인간이 동물과 지구를 망친다며 정말 큰일이라고 분노를 느끼려던 찰나, 내가 매주 주 3회씩 버리는 쓰레기들이 생각났다. 나도 화요일, 목요일, 일요일에 쓰레기 엄청 버려. 집에서도 책방에서도. 버려도 버려도 어쩜 쓰레기가 그렇게 많이 나오지? 나 역시 마스크도 매일매일 버리고 있고. 집에서는 보리차를 끓여 먹지만 책방에서는 생수를 배달해 먹으니 그 플라스틱 물병의 부피도 만만치 않다. 가끔 배달 음식을 시키면 메인 그릇, 반찬 그릇, 국물 그릇, 물티슈, 물통까지 플라스틱 세트가 쓰레기로 남는다. 그릇을 닦아도 음식 찌꺼기가 다 닦이지 않아서 재활용이 아닌 일반쓰레기로 버린다. 그런데 그렇게 버린 쓰레기가 애들 다리를 묶고 부리를 묶고 허리를 묶는다고? 이번에도 내가 가해자야? 공장식 축산업도 내가 가해자고 쓰레기 대란도 내가 가해자야? 팔길래 샀을 뿐이고 있길래 썼을 뿐인데 난 왜 자꾸 죄인이 되는가.

누군가는 그렇게 동물들을 괴롭히는 건 정상적으

로 버린 쓰레기가 아니라고도 했지만, 어려운 일이 아니니 마스크를 버릴 때 양쪽 끈을 잘라서 버렸고, 페트병 뚜껑도 고리를 절단해서 버렸다. 쓰레기 양도 줄여야겠는데 어떻게 줄이지? 천가방과 텀블러를 들고 다니지만 이것만으로는 부족하다. 텀블러가 있어도 마트에서 작은 생수 하나만 사도 쓰레기가 발생한다. 천가방이 있어도 비닐 포장 안에 비닐 포장, 또 그 안에 비닐 포장이 되어 있는 제품들이 흔하다. 과도한 포장 제품을 피하고 싶어도 쉽지 않다.

재활용 분리 배출을 한다고 애를 쓰지만 선별 처리 시설에서 40퍼센트 이상은 재활용되지 않고 땅에 묻거나 태운다.[42] 그리고 OTHER 플라스틱, 비닐 붙은 플라스틱, 색소 입힌 플라스틱처럼 재활용이 되지 않는 플라스틱도 많다고 한다. 현재 만들어지는 플라스틱의 40퍼센트는 일회용품이고[43] 코로나19로 음식 배달이 늘면서 하루에 버려지는 음식 배달용 일회용품은 약 830만 개로 추정된다.[44] 나도 온라인숍 없이 오프라인 책방을 운영하다가 코로나19 이후 느리게 온라인숍을 운영하고 있다. 오픈 시기에 맞춰 박스를 사고 충전재를 샀다. 일부러 친환경 소재로 종이 박스, 종이 봉투, 종이 충전재, 종이 테이프를 샀지만 썩는 물질이긴 해도 한 번 쓰고 버려질 물건들이라 쓰레기를 더 많이 양산하는 데 일조한 것 같다. 인간 잠깐 편하자고 왜 썩지도 않는 걸 만들어서 지구도 동물도 괴롭게 만들까. 분리 수거 하기 힘들게 플라스틱 종류는 왜 다 다르고. 투덜댔지만 플라스틱은 이렇게 남용하기 전까지는 애물단지가 아닌 고마운 존재였다.

1800년대 후반, 뉴욕의 당구공 제조사에서 모집 광고를 냈다. 당시에는 코끼리 상아로 당구공을 만들었는데 상아 하나로 8개 정도의 공을 만들 수 있었다. 점차 사냥이 치열해지면서 상아와 당구공 가격이 치솟자 대체할 물질을 공개 모집하게 된 것이다. 당구공 그까짓 거 대충 만들면 될 것 같지만 40만 번 이상의 타격과 마찰열 250도 그리고 5톤의 하중을 견딜 수 있어야 했는데 플라스틱이 그걸 해냈다.[45] 그러고 보니 코끼리를 착취에서 해방시킨 건 아이러니하게도 플라스틱이었네. 이후 공장에서 대량생산이 가능해지면서 썩지 않고 단단한 특성 때문에 플라스틱은 자동차, 항공, 우주, 의료 등 전반적인 산업 분야 발전에 기여했다. 영화와 사진을 기록할 수 있는 필름이 개발되어 저장 매체가 발전하였고, 비닐하우스 덕에 사계절 내내 신선한 채소와 과일을 먹을 수 있게 되었다. 인공 장기, 수액병 등 의료기기에도 활용되었다. 플라스틱이 아니었다면 스마트폰도 인공위성도 없었을 것이라고 하니 참 고마운 플라스틱이지만, 단단하고 썩지 않는 그 장점 때문에 일회용품이 많아지면서 현재는 해결하기 어려운 환경오염의 주범이 되었다.

북태평양 환류해역에는 불법으로 버린 쓰레기들이 모여 플라스틱섬을 이루고 있다. 플라스틱섬은 대한민국의 7배 크기이다. 어디에서는 8배라고 하는데, 7배든 8배든 무진장 엄청나게 크다는 것이다. 그렇게 큰데도 지도에는 안 나오는 거대한 섬. 마치 CT 검사 결과 큰 악성종양을 발견한 것 같다. 세계 인구가 하나의 인격체라면 등짝을 두 손으로 퍽퍽 때려주고 싶다.

"으구 인간아, 그동안 그렇게 생각 없이 막 살더니 이제 어쩔 거야, 어쩔 거냐고!"

플라스틱섬의 플라스틱은 햇볕과 염분에 부식되고 파도에 부서져 미세플라스틱이 되어 바다로 흩어진다. 희석되지 않고 녹지 않고 바닷속 오염물질과 유해물질을 흡수한다. 미세플라스틱은 플랑크톤으로, 비닐봉투는 해파리로 착각하기 쉬워서 바다 생물의 먹이가 된다. 그걸 물고기가 먹고 새가 먹고 거북이가 먹고서 죽는다. 죽은 새를 해부해 보면 안에 알록달록한 플라스틱이 가득하다. 바다거북이 몸에 플라스틱 링이 끼이고 코에 빨대가 끼이는 걸 운이 좋아 피했다 해도 먹이와 구분이 안 되니 플라스틱을 먹으며 죽어 간다. 일부지역에서는 죽은 바다거북의 소화기관에서 플라스틱이 검출되는 빈도가 100퍼센트다.[46] 플라스틱을 삼킨 채 살아가는 바닷새는 90퍼센트로 추정된다.[47]

미세플라스틱을 먹고 자란 물고기와 새를 인간이 또 잡아먹는다. 내가 버린 쓰레기가 다시 유해물질이 되어 나한테 돌아온다. 인간이 매주 먹는 미세플라스틱이 볼펜 한 자루 양이라던가, 아니 신용카드 하나 크기라던가, 종이컵에 뜨거운 물을 부으면 미세플라스틱이 2만 5천 개가 발생한다나 뭐라나. 채소수프를 백날 천날 마시면 뭐하나, 맨날 플라스틱도 같이 먹고 있는데. 오염된 바다가 준 귀한 선물이라며 해조류를 먹고, 오염된 땅이 준 귀한 선물이라며 뿌리채소를 먹고 있었던 것이다. 하늘과 땅, 바다가 모두 오염된 환경에서 살고 있으니 우리 세대의 중증질환은 얼마나 더 심각해질까.

병원 밖 사람들까지 팔에 수액줄을 달고, 아래에는 소변줄을 달고 다니는 모습이 상상된다. 진짜 아프기 싫은데…. 그 사자성어 뭐지? '뿌린 대로 거둔다' 의미의 사자성어가 뭐였지? 기억이 나지 않아 검색해보니 누군가 이렇게 적어놨다. "쌤.통.이.다."

"으이구, 인간아, 쌤통이란다, 쌤통! 이제 어쩔 거야!"

앞으로 10년 간 해양 플라스틱 쓰레기는 3배 이상 늘어날 것으로 예측되고 있다.[48] 이게 바다만의 문제도 아니다. 폭발적으로 증가하고 있는 쓰레기 때문에 지구 전체가 몸살을 앓고 있다. 일부 국가들은 쓰레기를 다른 나라에 수출하며 국경선을 넘나드는 쓰레기 폭탄 돌리기를 하는 중이다. 우리나라도 쓰레기 매립지 문제로 난항을 겪고 있는데, 2025년 사용이 종료되는 수도권 매립지의 대체 부지를 확보하지 못한 상황이다. 환경부에서 수도권 대체 매립지 공모를 했지만 신청한 지자체가 없었다.[49] 쓰레기를 어떻게 처리하느냐도 중요하지만 일회용품의 생산과 사용을 줄이고 쓰레기를 감소시킬 수 있는 더 근본적인 대책이 필요하다. 소비자들은 텀블러와 천가방을 들고 다니며 플라스틱 제로 운동을 하고 있고 기업에서도 업사이클링, 친환경 제품 개발에 주력하고 있다. 이렇게 노력하면 쓰레기 대란을 피할 수 있을까.

나도 플라스틱을 덜 쓰려고 노력하지만 오늘도 반가운 친구가 책방에 놀러와 같이 떡볶이를 시켜 먹었다. 딱딱한 플라스틱 쓰레기가 3개나 생겼다. 친구와 좋은 시간을 보냈지만 오늘도 지구에 죄책감을 갖게 되었다. 지구인 전부 석기시대로 돌아가서 원시 부족처럼 살 수 있는 것도 아니고, 플라스틱이 환경을 망친다고 비 오는 날 종이우산을 쓸 수도 없는 노릇이고, 마땅한 대안이 없으니 답답하다. 현재 세계 인구는 78억 명, 얼마 안 있어 80억 명을 넘길 것이다. 자원은 한정되어 있는데 인구는 빠른 속도로 늘어 가니 식량난, 환경오염, 생태계 파괴, 쓰레기 대란, 물 부족 현상, 지구온난화 등 해결해야 할 모든 문제들이 지금보다 훨씬 더 심각해질 것이다.

뉴스에서 인류세, 인류세 하기에 세금이야? 돈 내라는 거야? 민감하게 반응했는데 세금이 아닌 지질학적 분류 용어로 현재를 '인류세'로 분류한다고 한다.[50]

인류가 지구 환경을 파괴한 시대, 인류세. 삼엽충 화석이 고생대를, 암모나이트 화석이 중생대를 대표하듯이 현 인류세의 대표 화석은 플라스틱이 될 것이다. 그리고 또 다른 대표 화석이 하나 더 있는데 그것은 사람들이 먹다 남긴 닭뼈이다. 현재 닭은 한 해에 700억 마리라는 어마무시한 양으로 소비되고 있으니까. 후대가 우리 시대를 어떻게 평가하든 말든 별로 상관없지만 좀 창피하긴 하다. 플라스틱과 닭뼈로 남은 시대라니.

이건 놀이야, 기발하고 재밌는 놀이

과장 좀 해서 나는 내일모레 반백 살이다. DOS라는 명령어부터 배운 컴퓨터 세대이지만 안타깝게도 거의 컴맹에 가깝다. 정보 습득도 느리고 젊은 트렌드를 잘 따라가지 못한다. 친구들과 밥을 먹으러 식당에 가면 방문자 개인 정보 확인을 위해 QR코드를 찍으라는데 매번 QR코드를 찾으려고 한참을 헤맨다. 그걸 보고 나보다 어린 친구가 웃었다.

"언니, 뭐 먹으러 안 다녀? 이걸 왜 어려워해?"

"나는 쓰는 게 편해, 쓰는 게. 여긴 왜 손으로 쓰는 출입명부가 없니?"

뭘 하든 아날로그가 편한 사람이다. 나이랑 상관없

이 어렸을 때부터 그랬다. 얼리어답터와는 거리가 먼 삶이었다. 책방의 공식 인스타그램 계정을 운영하지만, 쇼핑 태그를 어떻게 추가하는지 몇 년째 모르고 있다. 시도해 봤지만 잘 안 된다. 내 스마트폰이 좀 후진 것 같다. 최근에 새로 생긴 오디오 기반 채팅 서비스인 클럽하우스도 가입했지만 적응하지 못했다. 새로운 건 뭘 하든 어색하다. 책방에서 매일 책값 계산만 하는 책방 붙박이라서 연남동에 무슨 가게가 유명한지도 모른다.

이런 나에게 환경을 위해 아이디어를 내라고 한다면 "음… 아나바다 운동?"이라고 답할 것이다. 아껴 쓰고, 나눠 쓰고, 바꿔 쓰고, 다시 쓰고 그러면 한정된 자원을 아낄 수 있지 않을까요? 이런 구닥다리 용어를 쓰는 사람이지만 나는 젊은 친구들의 기발한 아이디어를 가까이에서 접하며 산다. 책방을 드나드는 손님들과 제작팀들이 젊기 때문이다. 클럽하우스를 초기에 가입할 수 있었던 것도 젊은 친구가 초대를 해줘서였다. 책방에 입고되는 책만 보아도 요즘 사람들이 환경문제에 얼마나 관심이 많은지 알 수 있다. 풍요로운 식탁의 부자연스러움에 의문을 가지며 만들기 시작한 로컬푸드 매거진, 비거니즘 동아리 학생들이 만든 채식인 지침서,

컬러푸드별 채식 레시피북, 제로웨이스트 라이프스타일 매거진 등등. 최근에 입고된 단행본은 자발적으로 쓰레기를 주우러 다니던 경험을 에세이로 풀어낸 책이었다. 요즘 많은 사람들이 달리기를 하면서 길 위의 쓰레기도 줍는 활동을 하는데, 그걸 플로깅 또는 줍깅이라 부른다고 한다.

어느 책은 폐가죽 재료 재생지로 만들었다고 해서 종이회사 사이트에 들어가 한참 재생지를 둘러보았다. 나도 작게나마 책을 만드는 사람으로서 재생지에 관심이 많다. 재생지 검색을 하다가 FSC 인증 제품을 알게 되었다. FSC(Forest Stewardship Council)란 삼림 관리 원칙에 따라 해당 종이를 생산하기 위해 사용된 나무만큼 새로운 나무를 심는다는 걸 의미한다. 책방에 온 손님이 큰 반찬 그릇을 들고 책을 둘러보길래, 그게 뭔지 물었더니 근처 카페에서 조각 케이크를 사서 담아온 것이라 했다. 일회용 포장 용기를 쓰지 않는 카페라서 집에서 각자 가져온 용기에 케이크를 싸주는데 그게 반찬통일 때도 있고 냄비일 때도 있다니 재미있다. 일회용 포장재를 쓰지 않고 용기를 손님이 가져가는 걸 '용기내 캠페인'이라 부른다는 것도 알게 되었다. 천가방에서 한발 더 나아간 단계인데 난 언제 용기 내지?

리필 스테이션 가게들도 재미있다. 포장되지 않은 알맹이만 파는 가게이다. 벌크로 담겨 있는 세제, 화장품 등을 용기를 가져온 손님이 필요한 만큼 담아 무게를 기준으로 계산한다. 나무 칫솔, 종이 박스테이프와 같이 플라스틱 부분을 나무나 종이로 바꾼 제품도 있고 샴푸바, 고체 치약처럼 플라스틱 용기가 없어도 되는 제품, 소창 커피 필터, 소창 화장솜, 실리콘 빨대, 실리콘 랩, 생리컵 등 일회용 대체 상품, 업사이클링으로 탄생한 노트북 파우치, 카드지갑 등을 판매한다. 플라스틱 프리 교육 신청도 받는다. 기회가 된다면 비슷한 뜻을 가진 친구들이 모여서 강사님을 초빙해 책방에서 행사를 열어도 좋을 듯싶다. 다양한 쓰레기도 기부받는다. 예를 들면 종이팩은 기부받아서 재활용 휴지를 만들고, 운동화 끈은 기부받아서 천 주머니의 끈으로 재활용한다. 이외에도 다양한 친환경 활동을 지속해 나가고 있다. 나도 길 가다가 리필 스테이션을 발견해서 고체 치약을 하나 샀다.

책방에 앉아 있는데 업사이클링으로 만든 독서링을 소개하는 친구들이 들어왔다. 제품에 대해 대화를 나누고 나는 마블링 무늬의 독서링을 하나 구매했다. 그러고 나서 몇 달 후 홍대를 거닐다 우연히 플라스틱 업사이클링 전시장에서 내가 샀던 독서링을 다시 보게 되었다. 해당 전시는 플라스틱 중에서도 재활용 선별장에서 분류가 힘든 병뚜껑을 활용해 만든 제품들을 소개하고 있었다. 만드는 공정도 살펴보고 독서링뿐만 아니라 치약 짜개, 열쇠고리, 티 코스터 등 다양한 브랜드의 다양한 제품을 구경할 수 있었다. 책 만드는 친구들이 자주 이용하는 펀딩 사이트에도 재활용 제품들이 많이 올라왔다. 버려진 기와로 만든 인센스 홀더, 페트병 원단의 가방, 버려지는 맥주병으로 만든 캔들, 심지어 부산 바닷가에서 주운 플라스틱 조각을 재가공하지 않고 그대로 모아 오브제를 만든 것도 있는데 너무 매력적이었다.

서점의 매거진 코너에서 표지 컬러가 초록색이어서 집어든 잡지는 주제가 친환경이다. 그런데 옆의 잡지도 친환경이 주제다. 그 옆의 잡지도. 하나같이 입을 모아 지구를 지키자 말하고 있었다. 지속 가능한 지구, 제로 웨이스트, 플라스틱 프리, 필환경시대, 비거노믹스, 그린라이프, 업사이클링, 채식로드 등과 같은 타이틀을 달고 매거진마다 친환경 콘텐츠를 다루고 있었다. 인상적이었던 것은 패션쇼였다. 보통 패션쇼 하면 넓고 긴 런웨이, 화려한 조명을 먼저 떠올리기 마련인데 2020년 말에 진행된 한 패션쇼는 런던 외곽의 한적한 숲속을 배경으로 하였고 이를 온라인으로 생중계했다. 패션 업계에서는 패션쇼에 사용되는 구조적 폐기물을 줄이기 위해 노력 중이고 숲 패션쇼를 기획한 이 브랜드는 이전에도 탄소중립쇼를 선보인 적이 있단다. 탄소중립이란 우리가 탄소를 발생시킨 만큼 줄이는 활동을 하는 것이다. 제지회사가 벌목한 나무만큼 다시 심듯이.

재밌다. 플라스틱 쓰레기 대란이나 환경오염 기사를 읽고 있으면 한없이 절망스럽기만 한데 친환경 활동들을 살펴보면 기발하고 재미있다. 억지로 하는 활동이 아닌 하나의 놀이 문화처럼 느껴진다.

그럼 재미난 것 좋아하는 나는 그동안 무엇을 했나. 나는 여전히 책방에서 비닐 쓰레기를 많이 버린다. 왜냐하면 하루에도 몇 개씩 도착하는 책 입고 박스 안에 비닐 뽁뽁이가 충전재로 들어가 있기 때문이다. 버려도 버려도 매일 창고에 쌓인다. 그러던 어느 날, 책을 직접 입고하러 온 제작자가 혹시 뽁뽁이를 나눠줄 수 있는지 물었다. 책방에 책을 보내야 해서 뽁뽁이가 필요한데 환경을 위해 굳이 사고 싶지 않다고 했다. 나는 그 말이 너무 반가워서 쇼핑백에 뽁뽁이를 가득 담아주었다. 그리고 이 제작자의 생각에 힌트를 얻어 바로 SNS에 글을 올렸다.

"책방에서 입고 박스 안에 담겨 왔던 깨끗한 충전재를 보관하고 있습니다. 혹시 소량으로 충전재 사야 할 때 이 게시글이 생각난다면 연락주세요. 방문해서 가져가시거나 택배 보내드릴게요. (그 충전재는 다시 책을 감싸서 책방으로 오려나요. 그럼 난 또 나눔 하고? 좋네요 무한 자원순환.)"

댓글을 통해 충전재를 우체국에 기부할 수 있다는 것을 알게 되었고, 이웃 상점에서 충전재가 많이 필요하다는 것도 알게 되어 재활용 충전재 나눔을 했다.

작년 말에 헬팡과 안부편지 서비스를 만들었다. 둘 다 나름 친환경 활동으로 볼 수 있다. 오전에 시간이 있으니 동네에서 도보 배달 아르바이트를 한두 건 해서 점심값이나 벌어볼까 하다가 곰곰이 생각해보니 왜 남의 가게 배달을 해, 내 가게 배달하면 되지. 도보 배달이 가능한 마포구, 은평구 일부 동네에서 책을 주문하면 출퇴근 길에 책을 배달해 주기로 했다. 배달비는 2천원. 좋은 점은 책을 빨리 받아볼 수 있고 쓸데없는 포장재를 쓰지 않는다는 것이다. 종이 쇼핑백에 담은 책을 손님의 집앞에 놓아두고 왔다. 집을 찾는 재미도 있고 나름 운동도 되고, 쓰레기도 줄이고 다 좋은데, 근데 친구들만 주문해. 한번은 친구가 책 주문해서 갖다주고 버스 정류장에 앉아 한 시간 동안 수다를 떨다가 왔다.

안부편지는 온라인숍을 운영하다가 책만 덜렁 보내는 게 못내 아쉬워서 손님과 소통을 하고 싶은 마음에 책방지기의 일상을 프린트해서 책과 함께 보내게 된 것이다. 책방 일상을 적자니 장사 안 된다는 우울한 얘기밖에 없어서 요즘 뭐 먹고 사는지 채식 생활 이야기를 쓰게 되었다. 육식 사진 안 올리기가 아닌 반대의 활동으로 나의 채식 생활을 많이 노출하기. '오늘의 안부'라는 타이틀로 풀때기 먹고 사는 이야기를 적어 보냈다. 예를 들면 도토리묵을 쑤어서 반찬으로 먹었다, 비트를 사서 도마에 놓고 썰어 보니 빨간 과즙이 넘쳐 흘렀다, 채식만두를 구워 달래양념장을 얹어 먹었다, 이런 먹고 사는 이야기들. 고맙게 피드백을 준 손님도 있었다. 달래는 손질하기가 힘들어서 만들 생각을 안 했는데 한번 시도해 봐야겠다는 말씀. 손질? 달래가 손질하기가 힘들어? 그냥 물에 헹구면 되는 거 아니야? 요리 초보인 내가 채식 생활 편지를 계속 써도 되려나. 그런데 문제는 온라인숍 주문도 없어. 하하하. (그냥 웃자, 웃어!)

30년 후 지구는 존재할까

　　다세대주택 3층에 살고 있다. 대문 앞에 있는 길고양이에게 몰래 밥을 몇 번 주었는데 하루는 퇴근하고 가보니 3층 우리 집 현관 앞에 길고양이가 올라와 있었다. 같은 계단을 쓰는 2층 집주인이 알면 큰일 날 일이었다. 깔끔한 성격의 집주인은 길고양이들이 마당에 똥오줌을 싸 놓는다고 길고양이만 보이면 큰소리를 치며 내쫓았는데 고양이가 대놓고 올라와 있으면 어쩌자는 건가. 나를 보고는 고양이가 먼저 도망치듯 계단을 후다닥 내려갔지만 고양이가 올라와 있는 동안이나, 후다닥 내려가는 도중에 2층에서 문이 열리고 고양이를 발견이라도 하면? 아저씨가 소리라도 지르면? 밥 준 걸

들키기라도 하면? 아고, 머리야.

집에 들어와 하나님에게 기도를 했다. 비가 내리게 해달라고. 비가 오면 길고양이들이 밖에 나오지 않고 어딘가 숨어 있을 테니 최소한 현관 앞에는 올라오지 않겠지 싶어 기우제 아닌 기우제를 드렸다. 나의 기도가 간절했던지 정말 다음 날 비가 왔다. 다음 날도 왔고 그 다음 날도 계속 비가 쏟아졌다. 지구가 씻겨 나갈 기세로 폭우가 쏟아져 전국 곳곳에서 유례없는 수해를 입었다. 코로나19로 가뜩이나 우울한 사회 분위기가 더 가라앉았다. 내 기도로 이 물난리가 난 것 같아 마음이 무거워졌다. 기상이변으로 장마가 길어졌다는 걸 안 뒤에도 길고양이 오지 말라고 비를 원했던 내가 너무 부끄러웠다. 그해 장마는 장장 54일간 지속되고 장미, 바비, 마이삭, 하이선과 같은 무시무시한 태풍들이 한반도를 거쳐 가며 국민들을 긴장시켰다. 여름이 끝나갈 때쯤 내 방 천장은 빗물이 새서 노랗게 얼룩이 번졌고 그걸 볼 때마다 또 다시 폭우가 쏟아질까봐 겁이 난다. (더 심해지면 주인집 연락해야 하니까.)

이상 현상은 폭우뿐만이 아니었다. 같은 해 여름에는 옆 동네 뒷산에 대벌레가 너무 많이 번식했다. 어느 동네는 매미나방의 개체수가 급증해 방제에 비상이 걸렸다.[51] 다닥다닥 붙은 징그러운 벌레들의 사진을 보니 온몸에 소름이 돋았다. 대벌레는 해충이 아닌데도 많이 번식했다는 이유로 해충으로 분류되어 마대자루에 담겨 죽었다. 그 옛날 메뚜기 떼가 마을을 습격했듯이 저 벌레들이 주택가를 점령하는 게 아닐까 무서워졌다. 작년 겨울에는 호주 산불이 꺼지지를 않더니 올해 겨울에는 사하라 사막에 눈이 왔다.[52] 쓰레기 대란 뉴스에서도 느꼈는데 이번에도 믿어 의심치 않았다. 지구의 종말이 가까워졌음을. 자연과 동물을 괴롭힌 대가로 우리가 벌을 받고 있음을.

석유화학, 조선, 자동차 산업과 같은 화석연료를 기반으로 하는 산업과 철강, 시멘트, 플라스틱 등 온실가스를 대량 배출하는 산업의 발달로 대기 속에 이산화탄소가 증가하면서 지구에서 발생한 열기가 대기권 밖으로 나가지 못하고 지구온난화가 지속되고 있다. 이상고온현상으로 폭우가 쏟아지고 해충이 급증하고 사막에 눈이 내린다. 폭염, 한파, 가뭄도 문제지만 북극 해빙 이후는 더 끔찍할 거라고 전문가들은 경고한다. 빙하 속에 400만 년 동안 잠자고 있던 잠재적 위험군인 고대

{ 이번 지구는 망한 듯 }

219

바이러스가 해빙 후 지구를 덮칠 수 있다고.[53] 고대 바이러스라니 사람들이 좀비로 변해도 이상할 것 같지 않다. 코로나19로도 맥을 못 추는 인류가 전혀 새로운 바이러스에 맞설 수 있을까? 인간과 지구가 같이 잠식되어 가는 것 같다. 인간이 건드리지 말아야 할 것을 건드린 게 분명하다.

세계 200여 개국이 2015년 파리기후변화협약을 통해 5년마다 온실가스 감축 계획안을 제출하기로 했고 우리나라를 포함한 70여 개국이 탄소중립을 선언했다. 탄소 배출 제로를 만들고 기후 붕괴의 마지노선인 기온 상승 1.5도를 막겠다는 것이다. 작년 말에는 대통령이 TV에 직접 출연하여 '대한민국 탄소중립 선언-더 늦기 전에 2050'을 발표했다. 기후 위기의 심각성을 알리고, 이대로 지속된다면 인류의 미래가 위험하다고 경고했다. 정부와 기업은 저탄소 산업 조성과 재생에너지 확대 등에 힘쓸 터이니, 국민 각자도 쓰레기 줄이기 등 일상 속 작은 실천으로 기후 위기를 극복하자고 했다. 특이하게 해당 영상은 흑백으로 송출되었는데 이는 탄소 저감에 대한 경각심을 환기하기 위해서라고 설명했다.

연설이 끝난 후 가수 하현우가 해당 연설 타이틀

과 같은 '더 늦기 전에' 리메이크 곡을 발표했다. 나는 이 곡의 원곡을 알고 있다. 원곡을 소환하기 위해 무려 1992년의 기억을 끄집어냈다. 당대 유명 가수들이 모여 국내 최초 환경콘서트 '내일은 늦으리'를 열고 옴니버스 앨범을 발표했는데 대표곡 제목이 '더 늦기 전에'였다. (이 콘서트를 안다면 반갑다, 친구야!) 그때도 더 늦기 전에 행동하자고 가수들이 모여 고래고래 소리 질렀는데 30년이 지나도 여전히 '더 늦기 전에'를 외치고 있다. 마치 내가 중학생 때부터 영어 공부 열심히 해야지 매년 다짐한 걸 지금까지도 올해는 영어 공부 열심히 해야지 다짐하는 꼴과 비슷한 것 같다. 중학생 때는 머리나 팽팽 돌았지, 지금은 너무 늦은 것 같다는 생각이 든다. '더 늦기 전에'도 90년대부터 차근히 환경을 위해 행동했으면 좋았으련만 지금은 정말 늦은 것 같은데. 과거에는 콘서트장에 다 같이 모여 같이 노래나 부를 수 있었지, 지금은 대형 콘서트도 하기 어려운 시대. 모니터를 보고 소통하고 마스크를 끼고 대화해야 하는 코로나 블루의 암울한 시대다.

    아무튼 유년 시절의 나는 이 환경콘서트 앨범을 반복해서 듣던 청소년이었다. 대표곡인 '더 늦기 전에'보다 신해철이 부른 '1999'라는 곡을 더 즐겨 들었다. 멜로디가 있는 노래는 아니고 인류의 마지막 생존자가 급박하게 기록하는 형식으로 쓴 곡이다. 노래에서는 세상이 얼마나 망가졌는지 묘사하고 있는데 가사에 의하면 1999년은 식물들이 전멸했고 출생률은 거의 제로, 먹을 걸 약탈하는 폭도들은 정신착란 상태, 대기의 온도는 계속 상승 중이고, 남극대륙은 물로 변했다. 머리카락은 모두 빠지고 피부암이 전신을 덮고 있다고 한다. 실제의 1999년은 컴퓨터가 2000년을 인식하지 못해서 대혼란이 올 거라는 밀레니엄버그의 공포와 세기말 분위기로 혼란스럽기는 했지만, 나름대로 평화롭게 2000년을 맞이했다.

2021년 4월에 치러진 서울시장 재보궐 선거에서 후보들도 탄소 관련 공약을 내놓았다. 테헤란로 2차선 변경, 각 건물 태양열 발전 설비 설치, 공공급식 내 채식 선택권 보장, 업사이클링 창작 지원, 쓰레기 및 기후 대응 산업 육성, 녹색 건축 인센티브제, 탄소세 부과, 녹색길 조성, 포장재 없는 매장 1개동에 1곳 선정 등의 정책이 눈에 띄었다. 기업에서는 탄소 배출을 줄이기 위해 전기차를 개발하고 탄소가 배출되지 않는 친환경 기술을 만들어내고, 개인들에게는 일회용품 줄이기, 샤워 시간 단축하기, 음식물 쓰레기 줄이기, 가전제품 플러그 뽑아 두기, 안 쓰는 이메일 지우기 등 일상생활에서 실천할 수 있는 탄소 줄이기 방법들을 널리 홍보했다. 환경콘서트를 하던 30년 전에 학교에서 오존층 파괴를 배우며 컸다. 에어컨을 켜고 헤어스프레이를 뿌리면 오존층이 파괴된다는 교육을 받고 자라서 지금도 에어컨을 켤 때마다 죄를 짓는 기분인데 이제 사람은 움직이기만 해도 죄책감을 가져야 한다니, 코로나 블루에 기후 우울증까지 겹치게 생겼다.

2021년 4월 22일 지구의 날, 미국의 주최로 적대국, 우호국 할 것 없이 공동의 대의를 목표로 40여 개국 정상들은 화상앱 모니터 앞에 모여 기후정상회의를 했고, 나는 저녁 8시가 되기를 기다렸다. 지구의 날은 저녁 8시부터 10분간 소등을 권장하는 날이다.

"지구를 위해 10분만 불을 꺼주세요."

개인적인 사정으로 책방 문을 일찍 닫고 책방 안에서 일하던 중이었는데 8시 정각 10분 전부터 나 혼자 카운트다운을 하며 긴장을 하고 있었다. 그리고 8시가 되어 바로 책방의 조명을 껐다. 조명을 끄고 밖을 내다보니 이 골목 일대에서 불을 끈 건 나 혼자인 듯했다. 손님들의 북적이는 소리, 요리하는 소리, 분주한 도시 소음이 책방 안에까지 들릴 정도로 모두 바빠 보였다. 맞아, 나처럼 원하면 일찍 닫고 속 편히 장사하는 가게도 없지. 이웃 책방이 나란히 붙어 있던 시절이 문득 그리워졌다. 5년 전쯤, 길고양이들이 책방에 밥 먹으러 오던 그 시절. 이웃 책방은 책을 읽는 손님에게 양해를 구하고 전깃불 대신 촛불을 켜주었다. 그날 그 순간의 낭만이 불현듯 떠오를 때가 있다. 그 덕에 지구의 날 소등 행사를 처음 알게 되었다. 이제 나도 동참할 수 있는데…. 이 책방이 분주한 골목 속 외딴 섬처럼 느껴져서 좀 외로워졌다. 두 책방이 나란히 촛불을 켜 놓으면 참 이뻤을 텐데 소등 행사를 이제야 실천하는 내가 늦었네.

과거의 추억까지 끄집어내며 기후 위기를 이렇게 길게 설명한 이유는 기후 위기의 큰 원인 중 하나가 공장식 축산업이기 때문이다. 앞에서도 언급했듯이 축산업으로 인해 발생하는 온실가스 배출량은 전 세계 교통수단이 배출하는 양과 맞먹는다. 햄버거를 한 번 먹으면 서울에서 부산까지 자동차를 운전한 만큼 지구를 뜨

겁게 만든다.[54] 육류를 생산해 가공하고, 이를 햄버거로 만들 때 약 2,500리터의 물이 들어간다. 다시 말해, 30일간 샤워를 한 번도 안 하며 물을 아껴도 그깟 햄버거 하나만 먹으면 그동안의 노력이 수포로 돌아간다는 것이다.[55]

　지구에는 온실가스를 흡수할 수 있는 지구의 허파, 세계 최대의 밀림, 아마존이 있지만 아마존의 많은 부분이 이미 불에 타 없어졌다. 축산업에 필요한 농장과 목초지를 만들기 위해서.[56] 탄소개수대라고 불릴 만큼 탄소를 가장 많이 흡수하는 바다의 사정도 비슷하다. 거북이 코에 꽉 끼어서 동물을 괴롭히던 빨대, 우리가 플라스틱 빨대를 안 쓰려고 종이 빨대도 쓰고, 스테인리스 빨대도 쓰고 이래저래 노력하지만 빨대는 해양쓰레기 중 겨우 0.03퍼센트이다. 가장 문제가 되는 해양쓰레기는 어망과 어업 도구이다.[57] 해양쓰레기로 많은 해양 동물들이 죽어 가고 어업으로 바다 생태계가 파괴되고 있다. 인간과 지구를 살리려면 육고기와 물고기 섭취를 줄여야 한다. 세계적인 의학 저널 〈란셋〉에서 영국이 축산 동물의 수를 30퍼센트 줄이면 영국의 온실가스를 1990년 대비 50퍼센트나 감축시킬 수 있다고 발표했다.[58] 무려 반이나 줄일 수 있다니 나 역시도 고개가 갸우뚱해지는 연구 결과이지만 기후 위기를 극복할 수 있는 대안으로 채식이 전 세계적으로 주목을 받고 있는 것은 맞다. 책방에서 채식 레시피 책의 입고와 판매가 늘어나는 것만 보아도 채식에 대한 관심이 높아지는 것을 실감하지만 30퍼센트 인구가 채식인이 되는 것은 쉽지 않을 것이다. 하지만 모두가 육식을 조금씩만 줄여 간다면? 앞서 언급했던 폴 매카트니 할아버지의 '고기 없는 월요일' 캠페인을 다시 떠올려보자. 한 사람이 일주일에 하루 채식을 하면 1년에 나무 15그루를 심는 효과와 같다는 말을 기억하는가. 서울시 588개 단체 급식소에서 1년간 52회 채식을 제공하고 있을 뿐인데 이로 인해 약 755만 그루의 나무를 심은 것과 같은 온실가스 감축 효과를 얻는다고 한다.[59] 일주일에 하루만 저탄소 식사로 채식을 해도 지구는 훨씬 나은 세상이 될 수 있다.

투자 전문가가 TV에 나와서 주식투자 키워드 중 하나로 기후변화를 꼽으며 전기차 종목에 투자하라고 귀띔을 해주었다. 나는 양계장 케이지 프리를 선언하고 식물성 식품을 개발하는 식품업체에 투자를 했다. (10만 원이요.) 공장식 축산업 탈피를 위해 노력하는 기업을 발견한다면 언제든지 투자할 것이다. (네, 10만 원이요.)

　많은 이들이 동참해서 채식도 하고 전기차도 타고 뭐도 하고 하면 우리는 30년 후에 푸른 지구에서 행복하게 살 수 있을까? 조너선 사프란 포어의 《우리가 날씨다》에서는 파리기후변화협약을 잘 이행한다면 미래의 지구는 다음과 같은 모습일 것이라고 예상했다. 아마존은 20-40퍼센트가 파괴되고 수십 개의 대도시에 사람이 살 수 없게 되고 1억 4300만 명이 기후난민이 되고 4억 명이 물 부족에 시달리고 모든 동물 종의 절반이 절멸의 위협에 직면할 것이다. 이게 무슨 암담한 소리냐 하면 우리가 노력하지 않는다면 이 암담한 세상에서조차도 살 수 없게 된다는 의미이다. 과장된 시나리오일까? 그걸 누가 알겠는가. 1년 반 전에 우리 모두가 마스크를 끼고 생활하게 될 줄 예상이나 했나? 2050년은 예상 시나리오보다 더 참혹한 세상이 기다릴지도 모른다. 1999년은 잘 넘겼지만 2049년은 신해철의 기록처럼 살게 될지도 모르겠다. (한숨) 그래, 이미 늦었어. 다 때려치우자. 죽기 전에 잠실 주경기장 가서 마스크 벗고 떼창 하면서 공연이나 보고 싶다.

5
슈퍼맨의 진심

왜 비거니즘을 알게 되어서

산란계 농장, 육계 농장, 종돈장, 자돈 농장, 개농장… 개농장까지? 목차만 보고 다시 책을 덮었다.《고기로 태어나서》는 저자가 노동 에세이를 쓰기 위해 다양한 축산 농장에 취업해 노동한 이야기를 풀어놓은 책인데 개농장까지 실려 있는 걸 보고 나는 이 책을 끝까지 읽을 수 없을 거라 생각했다. 마치 〈도미니언〉을 아직도 보지 못한 것처럼. 지면상이든 모니터상이든 잔혹한 동물 학대 현장을 맞닥뜨리는 건 공포였다. 그런데 도저히 읽지 못할 줄 알았던 그 책을 순식간에 읽어 내려갔다. 글의 흡인력이 강했고 이 끔찍한 노동 에세이에 유머를 녹여내서 심지어 낄낄댈 때도 많았다. 예를 들면, 수태지 축사 청소를 위해 선임이 돼지 축사를 청소해본 적 있냐고 저자에게 물으면 "네, 경험이 있습니다. 어렸을 때부터 우리 형 방 청소는 제가 했습니다."라고 대답했다는 식이다. 심각한데 자꾸 웃긴다. 그래서 책 읽는 걸 그다지 즐기지 않는 나인데도 활자 중독이라도 된 듯이 지하철 플랫폼 기둥에 기대어 한 챕터를 다 읽어버리기도 했다. 덕분에 집에 늦게 도착했지. 그렇게 빠져들어 읽은 노동기. 책에 나온 실상은 상상 이상으로 끔찍했다. 처음 나오는 산란계 농장부터 충격이었다.

나는 닭들이 날개도 펴지 못하는 좁은 감금틀이지만, 그게 달걀이 잘 굴러 떨어지게끔 좀 기울어져 있다고 하지만, 그래도 한 마리씩 들어가 있는 줄 알았다. 아니었다. 케이지 하나에 닭 서너 마리가 같이 들어가 있고 너무 좁은 케이지라서 약한 놈은 밑에 깔려서 짓밟혔다. 닭의 몸에는 털 없이 맨살이 드러나 있었고 서로 발로 찍은 상처로 피부가 시뻘겋게 부어 있었다고 한다. 매일 죽은 닭을 치우는 게 그의 일이었다. 수평아리를 산 채로 마대에 꽉꽉 담아서 사료로 만들기 위해 대형 분쇄기에 넣고 돌리면 분쇄기 안에서 병아리의 울음소리가 계속 들린다고 했다. 아, 그만 써야겠다. 아니, 하나만 더 옮겨 적자면 성장촉진제를 맞고 자란 병아리는 몸만 빨리 자라서 몸은 청소년인데 얼굴은 여전히 노란색이란다.

닭 농장에서도 돼지 농장에서도 그는 죽은 생명을 매일 냉동고에 얼리고 버리는 게 일이었다. 껍질이 얇거나 상태가 좋지 않은 달걀인 파란도 많고 폐사율도 그렇게 높은데 어떻게 이게 고효율 시스템인지 모르겠다. 무엇보다 나는 공장식 축산업 종사자들의 속마음이 궁금했다. 그들도 사람인데 불쌍한 동물들을 보면 측은지심이 안 생기는지.

책에는 종사자들의 이야기도 많은 비중을 차지한다. 직원들도 사장도 모두 평범한 사람들이다. 타지에서 돈을 벌려고 이곳으로 온 이주노동자, 식당을 하다가 건물주한테 쫓겨나서 개농장을 시작한 사장, 모두 먹고살기 위해 일하는 것뿐이었다. 그중에는 반려견을 키우는 사람도 있었고 길고양이에게 밥을 주는 사람도 있었다. 그런 직원들이 농장 안 동물들은 아무렇지 않게 죽일 수 있었던 이유는 농장 동물들은 그저 상품 그 이상도 이하도 아니었기 때문이다. 정해진 무게를 채워야 출하할 수 있으니 성장촉진제를 놓을 수밖에 없고, 공장에서 하자 제품이 폐기 처리되듯이 약하고 상품성이 없는 개체는 가차없이 폐사 처리할 수밖에 없다. 저자도 닭의 목을 너무 많이 비틀어 죽여서 나중에는 아무런 느낌이 나지 않는다고 했다. 차라리 상품이면 나을 텐데 감정이 있는 동물이라 다루기가 힘드니 폭력적으로 대할 수밖에 없게 된다. 노동에 지친 저자도 순간순간 폭력적으로 변하고 점점 무감각해져 갔다.

짧은 단신으로 접했다면 이해하지 못했을 것이다. 하지만 400페이지가 넘는 긴 이야기를 따라가다 보면 종사자들이 무감각해지는 게 이상하지 않고 어느 정도 이해가 된다. 그래서 다시 다짐하게 됐다. 나는 무감감해지지 말자고. 언제나 동물의 권리에 예민한 사람이 되자고. 동물들도 인간과 똑같이 생각하고 똑같이 고통받는 걸 잊지 말자고. 그들이 고통받으면 인간도 고통받고 결국 같이 파멸될 거라는 것을. 이 책은 그걸 다짐하는 계기가 되었다.

《고기로 태어나서》가 한국 공장식 축산업의 실태를 다뤘다면 미국 축산업 종사자들의 목소리를 들을 수 있는 책은 《동물을 먹는다는 것에 대하여》였다. 종사자한 명은 이렇게 주장한다. 완벽한 시스템은 없다고, 공장식 축산업이 아니라면 온 세계를 다 먹이지 못한다고. 방목으로 산란닭을 키우면 달걀을 먹을 수 있는 인구는 10억 명 밖에 될 수 없으며 늘어나는 육류 소비를 맞출 수 있는 건 고효율 농업뿐이라고. 그리고 자연에서 동물들이 자유롭게 살다가 자연사하는 게 아니고 다른 동물들에 의해 발기발기 찢겨서 죽는다고. 눈에 보이는 그대로를 믿기보다 동물들에 대해 공부하고, 농장 경영과 식량의 경제학에 대해 배우라고 일침을 놓았다.

10억 명밖에 못 먹는 줄은 몰랐네. 30년 후에 인구 100억 명 시대가 도래할 텐데 큰일이네. 그래, 내가 축산업에 대해 뭘 알겠어. 책방 운영에 대해 모르는 사람이 나보고 책방 이렇게 해라, 저렇게 해라 하면 '네가 책방에 대해 뭘 알아! 너나 잘해!' 하겠지. 이 종사자의 말도 어느 정도 일리가 있네. 100억 인구를 먹여 살리기 위해서는 대량생산이 가능한 유전자 변형 식품도 어쩔 수 없는 선택인가.

칠면조를 방목해서 키우는 한 농장은 칠면조 유전자 조작도 하지 않고 예방접종을 하지도 않고 항생제를 먹이지도 않는다. 매일 운동을 하는 칠면조들이라 건강하고 혹한, 눈, 얼음에도 끄떡없다. 근데 중요한 건 사람들이 건강한 칠면조보다 밀집 사육으로 길러진 칠면조를 더 좋아한다는 것이다. 왜냐하면 더 싸니까. 하지만 역시 질환으로 대가를 치르게 될 것이라고 했다.

"그래, 생산량이 문제가 아니야. 인류의 건강을 위협하고 있잖아."

황희 정승도 아니고 이 말에도 끄떡, 저 말에도 끄떡하는 나를 발견했다. 채식주의자이면서 축산업 종사자이기도 한 사람이 말한다. 채식을 함으로써 공장식 축산업을 막을 수 있다고 생각할 테지만 지금 당장은 아니고 몇 세대 후에나 가능할 거라며 더 적극적으로 대안을 내고 지지할 필요가 있다고.

"응? 더 적극적으로 뭘 하라고?"

이 대목은 꼭 나한테 하는 말 같아서 주위를 두리번거리다가 오른손 검지로 나를 가르키며 놀라는 포즈라도 취해야 할 것 같았다. 두 가지 점에서 찔렸기 때문이다. 첫째, 내가 페스코 베지테리언이라는 점. 환경 다큐 영화인 〈카우스피라시〉에서도 '고기 없는 월요일' 같은 간헐적 채식 캠페인 운동은 소용이 없고 더 강력하게 실천해야 한다는 주장이 나온다. 1명의 완벽한 비건보다 불완전한 비건 10명이 세상을 바꾼다는 말은 맞다. 불완전하더라도 꾸준히 지속하는 게 중요하기 때문이다. 그런데 한편으로는 간헐적 채식이 소용없다는 그들의 말에 동의한다.

나에게 페스코는 소, 돼지, 닭을 먹지 못하게 하는 굴레이지만 다르게 생각하면 생선, 달걀, 우유를 마음껏 먹을 수 있는 자유를 준다. 페스코니까 라테를 마시고, 비덩이니까 돼지고기김치찌개의 국물을 먹고, 마이크로 비거니즘이니까 중국집에서 오징어짬뽕을 먹는다. 심지어 나는 페스코를 지키려고 노력은 해도 일회용품 줄이기에는 적극적이지 않은 편이다. 나는 채식하니까 일회용품은 좀 쓰자. 나의 에너지는 한정되어 있으니 지구와 동물을 위해 모든 걸 다 노력할 수 없다고 스스로에게 변명한다.

다른 부분에서 찔렸던 이유는 적극적으로 지지하라는 문장이 좀 더 목소리를 내야 한다는 의미로 읽혔기 때문이다. 동물과 환경과 인간의 생존까지 위협을 느끼고 있다면 더 목소리를 내야 한다고? 아니요, 전 목소리가 원래 작아요. 학창 시절 수업 시간에 손을 든 적이 한 번도 없는 사람입니다, 내가. 이 책을 혼자 브런치 카페에 앉아서 읽었는데 내 양쪽 테이블에서 베이컨 크림파스타와 불고기파니니를 먹고 있었거든요. '동물을 먹는다는 것에 대하여'라는 책 제목이 그들의 식사를 방해할지도 모른다는 생각에 제목을 가리고 읽는 사람입니다, 내가.

행동해야 세상이 바뀐다는 걸 안다. 대기업들이 동물보호단체와 연대하여 산란계 농장 케이지 프리 선언을 한 배경에는 동물보호단체의 행복한 암탉 캠페인 활동이 있었다. 미래 세대가 현재의 기후 위기에 대해 격정이 많다는 것을 그레타 툰베리라는 스웨덴 청소년 환경운동가 덕에 알게 되었다. 툰베리는 15살 때부터 금요일마다 학교를 가는 대신 국회의사당 앞에서 기후 위기 1인 시위를 벌였고 이 영향으로 전 세계 많은 학생들이 미래를 위한 금요일 운동에 동참했다. 누군가 세상에 목소리를 내지 않으면 알지 못하는 진실이 있다. 하지만 나는 어떤가. 나 실은 고기 장려자다. 친구들과 식사 약속이 있으면 나 때문에 메뉴 선정에 제한을 두는 게 미안해서 일부러 고기 먹으라고 고기 섭취를 장려하는 사람이다, 내가. (한숨)

1년만 해볼까 해서 부담 없이 시작한 채식인데 알

면 알수록, 파고들면 파고들수록 밀집 사육이 끼치는 해악과 환경파괴가 너무 심각하다는 것을 깨닫는다. 책방에 비거니즘 메시지의 포스터라도 붙여 놓아야 하나 싶다가도 누가 등 떠민 것도 아닌데 왜 혼자서 책임감을 떠안고 있는지 우습기도 하다.

친구가 작업실에 물이 샌다며 올해도 장마가 길까 묻길래,

"(밑도 끝도 없이)과도한 육식이 문제야?"

했더니 친구가 픕 웃는다. 나도 농담처럼 한 말이라는 듯 같이 웃었지만 농담은 아니었는데. 이웃 책방에 놀러가니 손님이 없다며 코로나19는 올해에도 계속 지속되는 건지 한탄 조로 말하는 사장님 말을 진지하게 받아쳤다.

"(종교 전도사처럼)사장님, 코로나19는 시작이에요. 빙하가 녹으면 우리가 그동안 듣도 보도 못한 바이러스가 출몰할 거예요."

사장님이 먼 산을 바라봤다. 내가 빨리 집에 가길 바라는 눈치였다. 나 사람들한테 왕따당할 것 같다고 웃으며 말했지만 웃긴 얘기는 아니었는데. 요즘 가장

{ 슈퍼맨의 진심 }

239

많은 대화를 나누는 사람은 엄마다. 엄마랑 베스트 프렌드다. 이불 위에 누워서 잠들기 전까지 엄마랑 대화한다. 엄마 보고 환경오염이 문제라니까 "전기도 아끼고 물도 아껴 써야지." 엄마가 한마디 했을 뿐인데 내가 다다다 일장연설을 시작했다.

"엄마, 우리가 물 한 번 아끼고 전기 한 번 아끼는 것보다 공장식 축산업을 줄이는 게 더 효과적이야. 그게 이루어지지 않으면 내가 볼 때 지구는 2050년 전에 망할 것 같아. 50년이면 인구가 100억 명이 된다는데 자원은 고갈되고 식량난과 환경오염은 더 심각해지겠지. 고기 소비량은 더 늘 테고. 그런데 지구가 어떻게 견디겠어. 기후 위기나 코로나19가 인구 감축 음모니, 백신을 팔아먹기 위한 수작이니 하는데 이게 모두 음모론으로 설명이 돼? 지구는 다 망가져서 인류가 모두 멸망하게 생겼는데. 지구가 자정능력이 있다며 걱정 안 하는 사람들도 있더라. 아니, 자정능력도 어느 정도여야 가능하지! 내가 봤을 때 이대로 가다가는 10년 후면 진짜 지구 싹 다 망할 것 같아. (갑자기 웃으며) 엄마, 그래서 나는 내가 40대라서 좋아. 한참 젊을 때 죽으면 억울하잖아 하하하. (갑자기 심각해지며) 근데 조카들이 문제야. 걔네들이 한창일 때인데… 우리 조카들 어쩌지. 엄마? 엄마 자?"

엄마는 대답이 없다. 내 얘기 안 듣고 스마트폰만 본다. 베스트 프렌드한테 절교를 당할지도 모르겠다. 이러지도 저러지도 못하는 내가 참 애매하다. 어차피 사십 평생을 환경에 관심도 없이 자유롭게 살았는데 그냥 그렇게 쭉 살 걸 그랬나보다. 괜히 채식 시작했어, 괜히 비거니즘 책 읽었어. 징징.

왼쪽 귀에서는 완전 채식 요정이 "포기하지 마, 무감각해지지 마."를 속삭이고, 오른쪽 귀에서는 복세편살(복잡한 세상 편하게 살자) 요정이 "자책하지 말고 편하게 살아. 포기하면 편해." 속삭인다. 완전 채식으로 가는 길과 포기하고 잡식성으로 돌아가는 기로에서 늘 갈등하고 이쪽에 가까웠다가 저쪽에 가까웠다가 줄다리기 중이다.

나는 툰베리가 아니야

아빠가 입원했던 그때, 하루는 수액줄에 피가 역류해 침대 시트가 붉게 얼룩졌다. 며칠간 계속 역류가 있었던 탓에 가뜩이나 신경이 날카로웠던 아빠가 드디어 폭발했다. "간호사! 간호사!" 큰소리로 간호사를 부르고 간호사한테도 나한테도 화를 냈다. 그동안 아빠를 어르고 달래고 하던 나는 힘이 탁 풀려 버렸다. 도대체 나보고 어쩌라는 거야. 하루 종일 밤낮으로 아빠의 짜증을 받아내고 아빠의 찡그린 표정을 보고 있어야 한다는 게, 외출이라도 할 수 있으면 나가서 바람도 쐬고 기분 전환이라도 할 텐데 계속 병원에 갇혀 있어야 한다는 게 너무 힘들었다. 도망가고 싶은 마음에 아빠 눈을 피해 휴게실에 가서 한참을 서럽게 울었다. 퇴원만 하면 아빠를 보지 않을 생각이었다. 오빠에게서 전화가 왔다. 몇 해 전, 아빠 허리 수술 때 고집불통 아빠를 간병했던 언니 오빠이기에 아빠를 간병하는 고충을 충분히 알고 있었다.

"보람아, 오빠가 아기를 키워 봤잖아. 갓난아기가 밤낮없이 하루 종일 울어. 사람이 아무것도 못하고 잠을 못 자니까 너무 힘들더라고. 네가 지금 얼마나 힘들지 오빠가 이해해. 그리고 오빠가 예전에 갑자기 아파서 병원에 실려간 적이 있는데 아프고 불안하니까 계속 니 올케 언니를 찾는 거야. 그래서 오빠는 지금 아버지가 얼마나 힘들지도 이해해. 둘 다 너무 힘들 거야."

간병인 교대가 가능하면 주말이라도 본인이 들어갈 텐데 오빠가 도와주질 못해서 너무 미안하다고, 조금만 더 힘내라고 했다. 오빠와 전화를 끊고 나서도 병실에 들어가지 않고 휴게실에 앉아서 계속 울었다. '아기는 귀엽기라도 하지. 엉엉. 책방 일도 못 하고 이게 뭐야, 이번 달 매출 어쩔 거야. 엉엉!' 하며 더 서럽게 울었다. 울다가 중간중간 몰래 병실에 가서 아빠의 상태를 확인만 하고 몇 시간을 혼자 휴게실로 지하로 떠

돌았다. 그러다가 병실에 들어가니 불과 몇 시간 전만 해도 불같이 화를 내고 짜증을 내던 아빠가 힘없이 누워서 다 죽어가는 목소리로 "어디 외출했었어?" 물었다. 아… 몸도 성하지 않은 아빠를 두고 나는 무슨 짓을 한 건가. 보호자 없이 아빠는 혼자 무서웠겠구나 싶었다. 좋으나 싫으나 난 이제 엄마 아빠의 보호자임을 확인한 순간이었다.

아빠가 퇴원한 후 엄마는 아빠를, 아빠는 엄마를 살피며 지내고, 일주일에 두 번씩 내가 엄마 아빠 집으로 퇴근을 해서 같이 지내고 있다. 아침에 일어나서 내가 채소수프를 만들고 채소수프를 먹은 후에는 엄마가 만든 나물과 김치를 곁들여 밥도 반 그릇씩 먹는다. 어느 날 아침에는 아침밥을 먹고 엄마랑 침대에 앉아 TV를 보다가 내가 까무룩 잠이 들었다. 눈을 떠보니 방에는 나 혼자였다. 곤히 자는 막내딸 깨울세라 TV와 불을 끄고 조용히 방문을 닫고, 엄마 아빠가 거실에서 숨죽여 TV를 보고 있었다. 병원에서는 내가 엄마 아빠의 보호자이지만 난 여전히 엄마 아빠의 어린 막내딸이다. 내가 반백 살이 되고 환갑이 되어도 아마 그럴 것이다.

언니 오빠는 일주일에 한 번씩 와서 같이 장을 보고

밥을 먹고 산책을 하고 고스톱을 친다. TV 소리만 나는 조용한 집보다 왁자지껄 사람 떠드는 소리가 채워지면 그 순간이 가족이 사는 집 같다. 이번 명절 때는 가족이라도 5인 이상 집합 금지라서 형제들이 시간 차를 두고 나눠서 다녀갔다. 엄마 아빠랑 같은 집이나 같은 동네에 살고 싶다. 그러면 더 자주 갈 텐데. 주식이 미친 듯이 오르거나 하늘에서 벽돌 주택 하나 떨어졌으면 좋겠다. 말도 안 되는 바람이지만 진심으로 그랬으면 좋겠다.

나는 일곱 마리 고양이의 보호자이기도 하다. 밥만 주고 놀아 주고 끝내는 보호자가 아니다. 얘들은 성격이 예민한 건지 쉽게 마음의 문을 닫아버린다. 내가 휴대폰만 오래 보고 있어도 옆에 누워 있다가 삐진듯 가버리는 녀석들이다. 나한테 서운한 게 있으면 금방 티를 낸다. 그리고 가장 걱정되는 건 건강이다. 요즘 들어 짜증쟁이 넷째가 밥도 안 먹고 계속 잠만 잔다. 구내염과 치주염이 더 심해진 건지, 다른 고양이들과 어울리기 싫은 건지 넷째의 속마음을 알 수가 없다. 그래도 잠 잘 때는 내 옆에 와서 똬리를 틀고 자니 머리를 계속 쓰

다듬어 준다. 너는 사랑받고 있는 아이니까 기운 내라
고 자꾸 쓰다듬는다. 넷째의 머리는 병아리콩처럼 정수
리 부분이 조금 튀어나와 있는데 눈을 감고 머리만 만
져도 넷째를 알아맞힐 수 있을 것 같다.

엄마 아빠 집에 가는 날은 오늘 나는 집에 못 들어
오지만 밥 잘 먹고 잘 지내야 한다고 당부를 하고 간다.
2년이 다 되어가도록 집사에게 곁을 내주지 않는 다섯
째에게도 살짝 살짝 엉덩이를 쓰다듬어 주며 바깥이 많
이 그리워도 나랑 오래오래 여기서 살자고 말해준다.
여섯째는 세상 천사 같은 표정을 하고 늘 일곱째를 뒤
쫓고 때린다. 그럴 때마다 혼내기는 하는데 혼낸다고
알아듣는 건 아닌지 일곱째를 계속 미워한다. 둘이 잘
지내면 좋겠는데 점점 사이가 안 좋아질까 봐 걱정이
다. 일곱째는 여섯째의 텃세 때문인지 점점 자기 집에
만 틀어박혀 있고. 고양이들만 놔두고 집을 나설 때면
일곱 마리가 모두 잘 있는지 창문은 다 제대로 닫혀 있
는지 위험한 건 다 치워져 있는지 가스밸브는 잠갔는지
모든 걸 두 번, 세 번 확인하고서야 안심하고 나선다.
나는 이 녀석들의 언니이고 누나이고 보호자니까.

나는 이 가족들이 가장 소중하다. 돈을 벌고 일을

하고 대출도 받으며 이 생활을 이어가고 있는 건 혼자 잘 먹고 잘 살려고가 아니라 내 가족들과 건강하게 같이 잘 살고 싶어서이다. 예전에 대출 전화를 받으며 길을 걷는데 환경단체에서 북극곰이 죽어가고 있다며 앙케이트 참여를 해달라고 나를 집요하게 따라오길래 고개를 획 돌려 째려본 적이 있다. 지금 내가 죽겠는데 무슨 북극곰이야 북극곰은! 내가 대출을 받아야 인간이든 동물이든 자연이든 돕든가 말든가 하지! 밴드 갤럭시익스프레스의 '나의 지구를 지켜줘' 노래를 들을 때마다 나는 마음이 울렁거리고 슬프다. 진짜다.

나의 지구가 죽어간대
나도 월세 땜에 죽겠는데
나의 지구를 살려야 한대
살릴 땅 한 평도 난 못 샀는데
북극곰 집이 녹아 사라진대
내 집도 재개발로 사라진대

가사 첫 줄부터 마음이 울렁거린다. 나는 월세살이에서 언제 벗어날 수 있을까? 평생 전전긍긍하며 살겠지. 가족 중에 누군가 아프다고 하면 난 병의 경중보다 병원비가 얼마가 나올지를 먼저 걱정하겠지. 몇 년 후면 중년과 노년에 접어들 우리 고양이들 아프면 어떡하지. 동물병원은 보험도 안 되는데. 벌써 걱정이 된다. 가족 중에 누가 아프면 최소한 병원비 걱정 안 할 정도는 돈을 벌어야 할 텐데. 하악이도 아플 때 내가 병원비를 너무 걱정해서 그렇게 일찍 떠났나 미안한 마음이 항상 있다. 이게 내 인생의 우선순위이다. 공장식 축산업을 해체하고 환경을 보호하는 건 뒤 순위이다. 환경 문제가 일상과 분리될 수 없다는 걸 알지만 오늘 내가 고기를 안 먹고 플라스틱을 안 쓴다고 해서 내 통장에 돈이 들어오는 건 아니니까.

만약 악마가 나타나서 나에게 고기를 먹으면 1억 주겠다고 거래를 제안한다면 난 소도 돼지도 닭도 먹을 것이다. 단 1억 미만은 안 된다. 난 그레타 툰베리처럼 금요일날 책방을 닫고 시위를 나갈 수 없다. 책방은 나의 생업, 하루 벌어 하루 먹고 사는 하루살이 인생인데 장사해야지. 그런데 나 정도면 가난한 축도 아니겠지. 한쪽에서는 전기차니 뭐니 최첨단 기술이 계속 발달해도 또 한쪽에서는 아직도 밥 한 끼 때우는 게 힘든 사람들도 있고.

결혼해서 아이를 키우고 사는 친구에게서 5년 만에 연락이 왔다. "아기 키우면서 일하느라 바쁘지?" 물으니 아이는 혼자 알아서 잘 큰단다. 문제는 사업 자금을 사기당해서 부부 둘이 열심히 빚 갚느라 몇 년을 힘들게 살고 있다고 했다. 그래서 친구들한테 연락할 여유가 없었다고. 친구에게 시간 맞춰서 언제 보자고 했는데 이 친구에게는 고기를 사주고 싶다. 왜 누군가를 응원하고 위로해주고 싶을 때 고기부터 생각날까?

결혼해서 아이를 키우고 있는 또 다른 친구도 (나랑 술 먹던 술친구들이 언제 이렇게 한 아이를 책임지는 엄마, 아빠들이 되었나 새삼 신기할 때가 있다.) 오랜만에 전화를 했다. 책방 안 망했냐며 웃는다. 그러더니 "나 이제 글 안 써." 한다. 돈 벌려고 치킨집을 차렸는데 너무 잘된단다. 잘되는 달은 월 매출이 7천만 원이 나올 때도 있단다. 닭 소비에 대한 우려보다는 부럽다는 생각이 먼저 들었다. 그래, 너는 아이 키우는 아빠니까 더 많이 벌어야지. 치킨집 괜찮지. 치킨은 남녀노소 모두가 좋아하는 거니까.

얼마 전에는 돈이 없는 어린 형제에게 공짜로 치킨을 내어준 치킨집이 화제가 되면서 사람들이 그 가게에서 치킨을 많이 사 먹는다는 뉴스를 보았다. 그리고 도움을 받았던 형제의 형이 치킨 프랜차이즈 본사에 보낸 감사 편지도 마음을 뭉클하게 했다. 편찮은 할머니와 7살짜리 동생의 생계를 책임지기 위해 18살 어린 나이에 일을 하고 있으며, 현재는 힘들지만 커서 다른 사람을 돕는 사람이 되겠다고 적혀 있었다. 치킨이 많이 팔려서 사장님 매출이 올랐으면 좋겠고 형제들도 먹고 싶은 것 맘껏 먹을 수 있는 날이 오기를 바랐다. 방금 전까지 밀집 사육에 분노했던 나는 치킨이 많이 팔려서 바쁘다는 착한 치킨집 사장님 기사에 '좋아요'를 눌렀다.

최근 고독사 관련 다큐멘터리를 보았다. 고독사는 2013년 한 해 동안 1717건, 2020년에는 4196건으로 짧은 기간 동안 2.5배나 증가했다. 그리고 2020년 서울시 고독사 중 약 10퍼센트가 30대 이하에서 발생했다.[60] 힘들게 살아가는 청년들의 인터뷰도 담겨 있었는데 한 30대 남성은 쓰레기가 가득한 고시텔에서 삶의 의지를 잃어버린 채 살아가고 있었다. 우선 좀 치우고 살아야 하지 않을까 싶은 생각이 들었는데 이어서 나온 사회복지학과 교수의 말은 다음과 같았다.

"무기력과 좌절감들이 쌓이면 그 쓰레기가 보이지 않아요. 왜냐하면 내 인생이 더 크게 무너졌고 망가졌기 때문에."

지구도 살아남기 위해 안간힘을 쓰고 있지만 인간도 각자의 전쟁터에서 투쟁 중이다. 각자의 사정은 다 다르니 도덕적 잣대를 모두에게 똑같이 갖다대고 윤리적 소비를 요구하거나 강요할 수 없다. 각자의 자리에서 내가 할 수 있는 안에서 최선을 다하고 살면 된다. 영상 속에 나왔던 젊은 청년들이 조금이라도 더 안전한 삶을 살아가기를, 그들의 하루가 너무 외롭지 않기를 바라본다.

나는 슈퍼맨이 아니야

구내염과 치주염이 있던 넷째에게 매일 아침마다 전쟁을 치르며 약을 발라준 게 무색하게도, 어느 날부턴가 운동화 끈 같은 점성 있는 침을 흘렸다. 병원에 가서 발치를 했다. 뾰족뾰족한 14개의 어금니를 뽑았다. 입에 마취 호스를 물고 누워 있는 넌 내가 원망스러울까? 아프게 해서 미안해. 늘 나는 우리 집 고양이들에게 미안하다. 수술 부위가 아물기까지 2-3일이 걸린다며 그동안은 밥도 먹기 힘들 거라고 했다. 하악이는 배고 픈 길고양이었어서 그런지 발치한 날에도 사료를 잘 먹었는데 넷째는 집에 와서 기절한 듯 잠을 잤고 옆으로 누워서는 삶을 포기한 눈빛으로 허공을 바라봤다. 미안해, 내가 계속 미안해. 동물들이 고통을 느끼고 인간과 똑같은 감정을 갖고 있다는 것을 매일 우리 집 고양이를 통해 깨닫는다.

오랜만에 출근 시간대에 지하철을 탔다. 밖이 컴컴하고 바람도 햇볕도 없는 곳에서 사람들 사이에 끼어 있다가 이런 곳에서 평생을 살아갈 공장의 동물들이 생각났다. 나야 곧 지상으로 올라가고 자유롭게 걸어다닐 수 있겠지만 공장의 동물들은 첫 자유가 도살장으로 향하는 길이겠구나 생각하니 또 한숨이 나왔다. 여전히 잔혹한 동물 학대 소식은 끊임이 없다. 동물 N번방 기사를 읽다가 "길고양이 죽이고 싶은데 어떻게 구하나요?"; "인기 간식, 추르로 꼬시세요."; "고양이 맛은 어떤가요?" 이런 메신저 대화가 오갔다는 대목을 읽고 거친 욕이 입 밖으로 튀어나온다. 한탄하고 분노하고 바뀌길 바란다. 하지만 더 솔직한 바람은 더 이상 동물 학대 기사를 보고 싶지 않다. 축산업 동물 학대 그만 보고 싶다. 생각하고 싶지 않아. 도움이 되기는커녕 아예 안 보려고 외면할 때도 많다. 고양이를 너무 사랑하지만 내가 할 수 있는 한계가 있기 때문이다. 누군가 나보고 고양이 몇 마리를 키우냐고 물으면 망설이다가,

"(한 박자 쉬고) 네 마리요."

"어머, 다묘집사네요."

"네…"

개인 SNS에도 넷째 이후로 고양이 사진을 올리지 않았다. '고양이를 좋아하는 책방지기'와 '고양이를 일곱 마리나 키우는 책방지기'는 다르니까. 맨날 돈 없다고 징징거리고 돈돈거리는 책방지기가 고양이를 일곱 마리를 키우다니, 내 집도 아니고 남의 집 빌려 살면서. 나 하나도 바로 살지 못하면서 이렇게 사는 건 오버라고 생각한다. 벽돌 주택이 하늘에서 떨어져서 큰 집으로 이사를 가게 된다면 모를까 더 이상 어쩔 수 없는 구조 상황을 만들고 싶지 않다. 이 이상 구조를 한다면 다름 아닌 우리 집이 밀집 사육장이 되어버릴 것이다. 그리고 나는 〈세상에 이런 일이〉에 고양이에 미친 할머니로 나오고 싶지 않아. 이번 생의 고양이 구조는 이것으로 충분하다고 본다. 나는 슈퍼맨이 아니야. 아픈 고양이가 내 눈앞에 나타나도 모두 구할 수가 없다고. 위기에 처한 우리 동네 고양이를 구할 초인적인 힘도 없고 돈도 없어. 좀 지친 게 사실이다. 그러니 마음 약한 내 앞에 불쌍한 고양이는 나타나지 말아줘. 이러면서도 길

가에 유리병이 깨져 있으면 길고양이들이 다칠까 싶어 바쁜 와중에도 유리를 치워놓고 가야 하는 이번 생은 망했다. 이번 생은 그렇다 치고 다음 생에는 고양이든 강아지든 동물에 무관심한 삶을 살고 싶다고 하니 친구가 말했지.

"다음 생에 고양이로 태어날 수도 있잖아."

그러네. 동물 학대하는 놈들은 괴로운 생명으로 태어나길 빌면서 내가 꼭 인간으로 다시 태어난 법은 없지. 나 길고양이로 태어나면 좋은 집사가 냥줍해줘야 할 텐데. 난 배부르고 등 따셔야 살 수 있다고. 아무튼 이번 생은 활동 단체를 응원하고 기부하고 기도하며 사는 건 할 수 있어도 이 이상 적극적인 활동은 힘들어. 이게 현재 나의 솔직한 심정.

6 ─ 채식 이후 바뀐 날들

계절이 바뀐다

엄마가 마지막으로 운영했던 국밥집에는 손님을 위한 후식으로 요구르트를 바구니에 담아뒀었다. 믹스커피도 준비되어 있었지만 손님들의 입가심을 위해 엄마가 굳이 추가 비용을 들여 갖다놓은 음료였다. 냉장고에 보관했다가 점심시간 직전에 바구니에 담아 들고 나왔다. 나도 점심 서빙을 정신없이 마치고 목이 타면 냉장고에서 꺼내 요구르트를 마시고는 했는데 노동 후 먹는 요구르트가 그렇게 달고 맛났다. 손님들도 많이들 가져가 그 자리에서 후루룩 마시고 "잘 먹었습니다!" 인사하고 나가는 모습이 좋았다. 그런데 어느 날, 한 손님이 동료가 건넨 요구르트를 보더니 오만상을 찌푸리며 "으… 설탕물 덩어리 안 먹어!" 하는 게 아닌가. 카운터에서 그 모습을 보고 나도 오만상이 찌푸려졌다. 아주 꼴불견이네. 요구르트 먹어도 안 죽어. 기껏 준비한 엄마 앞에서, 요구르트 건넨 동료 앞에서 사람 민망하게 그런 표정 짓지 마. 오래 전 스친 짧은 장면이 아직도 기억에 남아 있는 걸 보면 정말 꼴불견은 꼴불견이었던 모양이다. 그런데 요즘 내가 그러고 있다.

엄마 아빠 집에 가는 날이면 내가 도착할 시간 즈음이 되어 아파트 초입에 아빠가 나와 있다. 아빠랑 마주치면 나는 인사를 하는 둥 마는 둥 고개를 까딱 하고 둘이 떨어져서 걷는데 무슨 말이라도 걸고 싶은 아빠는 뒤돌아서 나한테 아이스크림 사갈까 묻는다.

"저 아이스크림 안 먹어요. 아빠도 드시지 마요. 그거 설탕 덩어리예요."

그럼 아빠는 "응…" 하며 다시 고개를 돌려 느린 걸음으로 걷기 시작한다. 설탕 덩어리라니.

언니가 엄마 생일 케이크로 화이트초코 케이크 살까 물으면 또,

"화이트초코는 카카오 함량이 낮아. 설탕 덩어리라고. 난 안 먹어"

설탕 덩어리라니. 언니는 별 대꾸를 하지 않는다. 나 이러다 가족들한테 왕따를 당할 수도 있다. 하루는 친구와 저녁식사 겸 반주로 술을 가볍게 마시고 10시 집합금지 제한 시간에 따라 아쉽게 술집에서 나와 헤어지려는데 짧은 만남이 아쉬운 친구가 본인이 산 식빵을 나눠준다고 하길래 손사래를 쳤다.

"아니야. 괜찮아. 나 밀가루 안 먹어."

내 말에 주섬주섬 식빵을 꺼내려던 친구가 나를 보더니,

"뭔 소리야. 방금 우동 먹었잖아."

명란야끼우동을 먹었는데 우동 맛있다며 그릇을 핥아먹고 나온 내가 밀가루를 안 먹긴 뭘 안 먹어. 여전히 페스코를 말하기 전에 '페스토 말고 페스코'를 머릿속에 한번 되새기며 말하는, 그때나 지금이나 난 얼토당토아니한 인간이다. 안 먹어, 안 먹어 하면서 아이스크림도 화이트초콜릿도 맛있게 먹고, 건강전도사가 될 거라면서 술을 마신다. 솔직히 세상에서 술이 제일 맛있지.

이렇게 모순적이고 불완전한 비건 지향 건강전도사는 먹고 싶을 때는 라면도 먹을 거고 슈크림빵도 먹

을 거다. 종종 출근길에 혈당치를 급속히 높인다는 커피 음료 2+1도 사온다. 나 하나 먹고 반가운 손님 오면 손님 나눠주려고. 하지만 예전보다는 훨씬 덜 사고 덜 먹는다. 초가공식품도 많이 줄였다. 초가공식품이 뭐냐 하면, 고형카레는 강황가루로 만든 가공식품이고 그걸 한 번 더 가공한 인스턴트 카레가 초가공식품이다. 설탕은 가공식품, 사탕은 초가공식품. 동물한테 해로운 것, 나한테 해로운 것 모두 줄여가고 있다. 어쩌면 먼 훗날 고기 살을 뜯는 날이 올지도 모른다. 하지만 더 이상 고기를 맛으로 흥으로 즐거움으로 섭취하기는 어려울 것이다. 요즘 나는 어느 한 계절과 많이 멀어졌다는 걸 자주 느끼며 산다.

20대 때 대학교 동아리방에서 동기가 술 마시면서 자꾸 오바이트를 하니까 비닐봉투를 귀에 걸고 마시고, 술 취해서 잠든 동기가 물베개 베고 잘 거라며 생수통에 물을 채워 오라던 기억을 다시 떠올려도 이제는 더 이상 웃기지가 않다. 30대 때 홍대 놀이터, 이제 막 친해진 독립출판물 제작자 술꾼들과 네 팀으로 나눠서 한 팀은 치킨집, 한 팀은 떡볶이집, 한 팀은 편의점… 각자 흩어져서 플라스틱 용기에 안주를 가득 사 들고 홍대 놀이터 흙바닥에 앉아 술을 먹던 모습도 이제는 너무 아득한 옛날 일이 되어버렸다. 음악 페스티벌 때 플라스틱 테이크아웃 컵에 마시는 황금빛 맥주는 이제 내 인생에 없겠지. 페스티벌도 없을 거고 텀블러도 들고 다닐 거니까.

술 먹은 기억밖에 없지만 청춘과 열정의 계절이 끝났고 나는 차분한 시공간으로 들어선 기분이다. 젊은 시절에는 왜 벌써부터 노후 준비를 해야 하나 이해가 안 되었는데 내가 요즘 왜 진작에 노후를 준비하지 않았나 뒤늦게 후회 중이다. 현재도 막막한데 10년 후, 20년 후 난 어떻게 살고 있으려나. 건강이라도 해야 할 텐데 걱정이 많다. 지금보다 더 약해질 노후의 체력을 위해 음식 하나를 먹을 때도 신경이 쓰이는 것이고. 임팩트 있고 기발한 걸 좋아하는 사람이라서 광고 카피라이터 공부를 하고, 같은 이유로 독립출판물도 좋아해서 책방도 하고 있는 건데 요즘의 관심사는 건강, 환경, 동물, 채식에 온통 집중되어 있다. 평소에 관심도 없던 타샤 튜더 책도 찾아보고 '하루하루 문숙' 유튜브 채널도 본다. 유튜브 채널에 올라온 티트리오일 천연 치약 만들기를 따라 해볼까 생각 중이다. 플라스틱 사용도 줄이고 잇몸에도 더 좋을 것 같아서.

4o대의 나는 재미보다는 마음의 평안을 바란다. 내게 강 같은 평화가 넘치기를 바란다. 아, 그렇다고 내가 무슨 종교에 귀의하겠다는 건 아냐. 명상을 하거나 그러지도 않아. 틈만 나면 9o년대 댄스 음악을 자주 들어. 아마 천연 치약을 만들지도 않을 거야. 있는 치약으로도 양치질 안 하는 걸. 변하는 와중에도 변함없는 게 또 인간이니까.

때로는 산책

아무래도 퇴행성 관절염인 것 같다. 계단 오르내리는 게 이렇게 무릎에 무리가 많이 가는지 처음 알았다. 긴 계단을 올려다보면 너무 까마득해 보여서 아고고 곡소리부터 난다. 통증이 심할 땐 오르내릴 때 무릎에 충격이 덜 가게 하려고 몸을 비스듬히 하고 걷는다. 고양이들은 수직 활동을 해야 하니까 4-5층짜리 협소 주택에서 사는 게 꿈이었는데. 아니요, 그냥 넓은 단층집이요. 집사가 수직 활동을 못 하겠다.

책방에서도 높은 곳에 있는 책을 꺼내려고 스툴에 올라갔다가 한 발을 먼저 쿵! 하고 바닥에 내릴 때 무릎에 무리가 가면 무릎이 아픈 게 아니고 뼈가 어긋나는 느낌이 든다. 왜 어르신들이 계단처럼 생긴 의자를 쓰는지 알겠다. 혹시 책방에 스텝 스툴이 놓여 있는 걸 발견한다면 그건 책방지기의 무릎이 더 안 좋아졌다는 의미일 것이다. 우슬차도 먹기 시작했지만 당장 효능을 알 수는 없다. 마음의 안정일 뿐이지. 맛도 그저 그렇다. 흙맛이다. 입에 쓴 게 몸에 좋은 거겠지 하며 마신다.

세계적인 장수마을을 연구한 결과에서는 몇 가지 공통점이 발견된다. 첫째 콩류를 많이 먹는다. 둘째 다양한 채소를 고루 먹는다. 셋째는 비탈길을 걷는다.[61] 나이가 들수록 허리와 다리의 힘이 중요한데 평지를 걸을 때는 사용하지 않는 근육을 사용함으로써 허리와 다리가 강해진다. 굳이 따로 시간을 내어 운동할 필요 없이 일과 중에 비탈길을 오르내리는 것이 좋다는 전문가의 조언이 있다. 첫째, 둘째는 내가 현재 나름 잘 지키고 있는데 셋째도 이제 시작해 보려고 한다. 허벅지 근육을 기르면 무릎관절을 보호할 수 있다고 하니 꾸준히 해 볼까나.

요즘 우리 고양이 여섯째가 내 다리 사이에서 잠을 자서 다리를 다이아몬드 모양으로 만들어서 아늑한 인간 방석을 만들어 주는데 그렇게 움직이지 못한 채 다리를 고정하고 자고 일어나면 다음날 무릎이 더 아프다. 우리 집 식구들이 전체적으로 무릎이 약해서 엄마는 늘 펭귄이 그려진 파스를 구비해 놓았다. 나도 양쪽 무릎에 파스를 붙이기 시작했다. 유전적인 요인도 노환 요인도 있는 것 같다. 무릎이 좋지 않은 언니도 40대 초반부터 무릎이 아팠다고 해서 나 역시 무릎이 그 어느 때보다 아프다고 퇴행성 관절염이 시작된 것 같다고 고백하니 언니가 한마디 했다.

"너는 일단 살을 빼."

몸의 무게가 실려서 무릎에 무리가 간다는 말이었다. 흥칫뿡이다. 살도 빼긴 빼야지. 아빠는 퇴원 후 담당의의 충고대로 걷기 운동을 매일 빠짐없이 하고 있다. 하루에 5천 보씩 걷는다. 지팡이를 짚고 다니는데 걸으면 걸을수록 더 잘 걷고 있다. 살도 많이 빠졌다. 하지만 여전히 배가 볼록해서 아빠 한 달 내로 5킬로를 더 빼라고, 안 그러면 큰일 난다고, 또 병원 갈 수 있다고 으름장을 놓았다. 그러다가 순간 양심에 찔려서 "저도 살 뺄게요." 소심하게 말해버렸다. 아빠는 열심히 하고 있다.

살을 열심히 뺄 사람은 아빠가 아니라 나다. 담당의가 하는 말 모두 다 나한테도 해당된다. 몸에 좋은 것 골고루 잘 먹고 먹은 만큼 운동하기. 살을 빼기에도 허벅지 근육을 기르기에도 오르막 운동이 제격이었다. 일상생활에서도 운동이 부족하다고 느껴서 일부러 평지보다는 오르막길을 택해서 걸었다. 집과 책방 사이에는 오르막길이 거의 없다. 엄마 아빠 집으로 가는 길에 지하철역에서부터 아파트까지 오르막 내리막이 적당히 섞여 있는 길이 있어서 그 길을 운동용으로 활용하기로 했다. 도보 20분 정도의 거리인데 버스를 타는 대신 걷는 걸 택했다. 자동차 불빛을 조명 삼아 노래를 들으며 밤 산책을 한다. 홀로 걸을 때의 필수품은 블루투스 이어폰. 최근 즐겨 듣는 산책송은 90년대 락발라드인데 K2, 최재훈, 김현성, 김돈규 가수의 노래들을 플레이리스트에 넣어두고 차례대로 재생한다. 노래를 듣다보면 자동으로 따라 부르게 된다. 마스크를 쓴 얼굴로 인상을 쓰며 하이라이트 부분을 립싱크한다. 나는 그중에서도 김현성의 '유죄'를 특히 좋아한다.

"(눈에 힘주고 강하게) 돌아와선 안 돼! (더 강하게) 어떻게도 안 돼! 너를 용서 못 하겠어. 그래 그 벌로오

오오오오 (과도한 바이브레이션 후 가냘프게) 널 못 잊을
게에에."

지금 이 구절을 따라 불렀다면⋯ 반갑다, 친구야!
노래방 가고 싶은 마음을 이렇게 달래며 퇴근길에 추억
에 잠긴다. 나름대로 즐거운 노래 감상 타임이다. 어느
날 출근하려고 보니 책상 위에 잘 놓여 있어야 할 이어
폰이 방바닥에 뒹굴고 있었다. 케이스 뚜껑이 열린 채
왼쪽 이어폰이 옆에서 굴러다니고 있었는데 오른쪽은
아무리 찾아도 보이지 않았다. 아까부터 날 쳐다보던
여섯째를 째려봤다.

"너지? 너 내 이어폰으로 축구했지? 얼른 찾아내!
찾아내라고!"

추궁해도 들은 척도 안 하는 여섯째. 점프는 잘 못
해도 달리기와 축구는 잘하는 녀석인데 내가 요즘 바쁘
다고 자주 놀아주지 못하니까 시위하는 것 같다. 오른
쪽 이어폰은 찾지 못했고 음악 없이 20-30분의 길을 걷
자니 영 심심했다. 이어폰 없이도 산책이 즐거우려면
친구와 걸어야 한다.

한 달 전에 약속을 잡아 놓은 친구와 산책을 하게
됐다. 원래는 등산을 할 계획이었다. 오르막 운동에는

등산이 최고니까. 등산 초보 코스를 검색해서 좋은 공기도 마시고 소풍처럼 등산을 갈 생각이었는데 등산을 가기로 한 날 보슬비가 내렸다. 맨날 이런 식이야. 내가 뭐만 열심히 하려고 하면 이어폰이 없어지고 비가 오지. 등산 대신 남산 둘레길을 걷기로 했다. 다행히 보슬비가 그쳐서 우산을 쓰지 않고 산책할 수 있었다. 남산도서관 앞에서 친구를 만나 천천히 걷기 시작했다. 당연히 블루투스 이어폰은 필요 없었다.

완만한 오르막길과 완만한 내리막길을 무리 없이 걸으면서 일 이야기, 가족 이야기, 주식 이야기, 미래 밥벌이 이야기 등 살아가는 이야기를 나누었다. 커피 트럭이 보여서 따듯한 커피도 한 잔 마셨다. 걸으면서 꽃을 보고 하늘을 보고 나무를 보고 남산에 사는 길고양이도 보고 고양이에게 빵을 나눠주는 아주머니도 보았다. 걷다 보니 어느새 장충동으로 넘어왔고 서울에서 가장 오래된 빵집에 들러 빵 구경도 했다. 그리고 다시 왔던 길을 되돌아갔다. 좀 지친다 싶으면 장우산을 지팡이 삼아 의지해서 걸었다. 남산 산책 코스에 빠삭한 친구는 죽음의 계단 코스도 있다며 다음에 같이 걷자고 했다. 죽음의 계단? 난 지금도 좀 죽을 거 같아. 완만한 경사에서도 이 모양인데 죽음의 계단을 오를 체력이 있을지 모르겠다. 지금보다 젊었을 땐 회사 부장님들이랑 등산 가는 것도 좋아했다. 올라갔다 내려와서 부장님들이 고기 사주면 낮술도 하고. 난 회식 문화 좋아하는 사람. 아, 노래방 가고 싶고 회식도 가고 싶다.

좌우지간 그렇게 긴 산책을 끝내니 몸은 녹초가 되었지만 기분만은 상쾌했다. 여행이라도 다녀온 기분이었다. 남산의 신선한 공기가 나를 자극하니 건강해진 것 같았다. 기분 좋게 책방에 출근해서 영업을 끝마치고 또 걷고 싶어져서 퇴근길에도 집까지 걸어갔더니 하루에 3만 보를 기록했다. 며칠간 오른쪽 발바닥이 당겼지만 아픈 통증은 아니었다. 한 달에 한 번 등산이든 남산이든 운동 삼아 나가 볼 예정이다.

열심히 걸어야 할 이유가 하나 더 추가되었다. 동물보호단체에서 화장품 기업과 함께 렛츠워크 캠페인을 진행하고 있다. 화장품 기업의 스마트폰 앱을 통해 내 걸음 수를 기부할 수 있는데 목표 걸음 수를 달성하면 기업에서 동물단체에 기부금을 전달한다. 바로 앱을 깔았고 열심히 참여 중이다. 건강도 챙기고 아픈 동물들도 도울 수 있으니 아니 할 이유가 없다.

취미는 요리

사찰음식 일일 요리교실은 매달 제철재료를 이용한 새로운 레시피 강좌가 올라온다. 원하는 강좌를 선택해서 들을 수 있다. 이번 달에는 두릅밀전병과 쑥튀김을 배우기 위해 신청했다. 두릅이라 함은 엄마가 밥집을 할 때 5o대로 구성된 직장인들이 우르르 와서 엄마에게 양해를 구하고 본인들이 가져온 두릅을 초장에 찍어 먹으며 산삼이라도 먹는 듯한 감격스러운 표정을 짓던 그 나물 아닌가. 두릅을 먹어본 적은 없지만 아저씨들의 표정을 통해 두릅이 몸에 좋은 거라는 건 알고 있었다. 봄나물의 대표격인 쑥은 익숙하지만 재료 자체를 직접 다듬는 건 처음이었다.

이번에도 오관게를 낭독하고 시작했다. 스님마다 말하는 스타일도 알려주는 스타일도 달라서 재밌다. 이번에 본 스님은 서울에 올라오니 두릅이 너무 비싸서 놀랐다며 본인이 있는 사찰에 가면 두릅이 지천에 널렸다는 이야기를 해주었다. 내일 나물 캐러 갈 거라 설렌다며 몸에 좋은 나물을 3번 먹으면 보약을 먹은 것과 같다는 이야기도 덧붙였다. 두릅은 밀전병 외에도 산적, 전, 튀김, 장아찌로도 만들어 먹을 수 있단다. 두릅밀전병의 밀전병은 부침가루에 강황가루, 백련초가루를 넣어 노란색, 빨간색을 만들었다. 오늘은 준비하지 못했지만 초록색을 만들고 싶다면 시금치 물을 넣으면 된다고 하였다.

쑥튀김을 시연할 차례. 스님은 기름을 많이 붓지 않고 끼얹는 방식으로 튀김 요리를 한다고 했다. 튀김 온도 체크하는 법과 튀김을 더 맛있게 하는 반죽법도 배웠다. 쑥은 다듬고 물에 씻어서 물기를 충분히 잘 말려야 한다. 쑥튀김을 튀기고 나니 눈 쌓인 꽃다발 같은 모양이 되었다. 스님의 시연이 끝나고 3명씩 한 조리대에 모여 요리를 만들었다. 저번에는 어린 친구들과 한 조였는데 이번에는 두꺼운 금반지를 세 개나 낀 금반지

언니, 머리가 희끗한 멋쟁이 언니와 같은 조가 되었다.
두 분은 한눈에 봐도 요리 베테랑인 것 같아서 난 아예
처음부터 설거지대에 자리를 잡았다. 싱크대에 설거지
가 하나라도 놓이면 설거지를 열심히 했다. 설거지를
하면서 어깨너머로 언니들의 요리를 구경할 참이었다.
이렇게 소심하게 서 있는 나를 멋쟁이 언니가 자꾸 끌
어당겼다. 일단 같이 나물을 다듬게 했다.

난 솔직히 나물을 어떻게 다듬는지 도통 모르겠다.
그냥 시들한 부분만 떼어내면 되는 건가. 개그맨 부부
가 나오는 TV 예능 프로그램에서 부인이 남편에게 쪽
파를 다듬으라고 시켰더니 남편이 쪽파 머리를 다 잘라
내 버린다. 그걸 본 부인이 화가 나서 남편 정수리에 쪽
파 스매싱을 날린다. 근데 난 남편 입장을 이해한다. 뭘
다듬으라는 거야. 두릅 스매싱을 당하지 않게 곁눈질을
하며 다듬는 척을 했다. 이번에는 밀전병을 부치라고
시키는 언니.

"나는 많이 해봤으니까 안 할게요. 두 분이서 하
세요."

기회를 넘겨준 언니에게 나도,

"아, 저는 안 해봤으니까 안 할게요. 두 분이서 하

세요."

빼는 나의 옆구리를 찔러 가스레인지 앞으로 보냈다. 키친타올로 닦듯이 프라이팬에 기름을 바르고 손바닥보다 작은 크기가 되게 반죽을 부었다. 아랫면이 익은 후 뒤집기. 그렇게 부치고 보니 내가 부친 밀전병만 두꺼웠다. 반죽을 올린 다음에 국자로 얇게 펴발랐어야 하는데 그걸 빼먹은 것이다. 또 자신감이 하락해서 설거지대로 복귀했다가 다시 불려갔다.

이번에는 쑥튀김 튀기기 역할을 부여받았다. 튀김도 애벌로 한 번 튀기고 고열에 한 번 더 튀길 수 있다는 걸 처음 알았다. 두 번 튀기면 더 바삭해진다는데 바삭하긴 해도 기름이 많이 배어 내 입맛에는 그냥 그랬다. 쑥튀김 자체는 너무 이뻤다. 튀김옷을 얇게 묻히는 거라 색도 모양도 이뻤다. 내가 주로 먹는 튀김은 떡볶이 국물에 묻혀 먹는 튀김인데, 그중에서도 김말이나 당면 들어간 야끼만두를 좋아하지 고구마튀김이나 채소튀김, 깻잎튀김은 먹지 않았다. 맛이 없어서. 그런데 쑥튀김은 특유의 향과 모양이 너무 이뻤다.

스님은 우리 조의 쑥튀김을 먹어보더니 좀 눅눅하다고 쑥에 물기 제거가 덜 된 것 같다고 하였다. 물기 제거 우습게 봤는데, 잠깐 소홀했다고 눅눅해지다니 요리도 작은 차이가 명품을 만든다. 다른 조의 더 바삭한 걸 먹어보고 싶은데 시식은 하지 못했다. 코로나19로 마스크를 벗을 수가 없었다. 같은 조 언니가 말하기를 코로나19가 도래하기 전에는 다른 조 음식도 먹어보면서 우리 것과 비교해보고 무엇이 잘못되고 무엇이 잘된 건지 확인하고 밥을 싸와서 같이 밥을 먹고 가는 시간이 있었다고 한다. 지금은 식사는커녕 마스크를 쓰고 있어서 같은 조 사람 얼굴도 제대로 못 보고 간다며 아쉬워했다.

모든 시간이 끝나고 각자 가져온 용기에 음식을 나누는 시간. 내가 가방에서 꺼낸 반찬통은 손바닥보다 작은 통이었다. 아무 생각 없이 손에 잡히는 걸 가져왔다. 쑥튀김 하나 들어가면 꽉 찰 것 같았다. 멋쟁이 언니가 내 등허리에 손을 얹으며 "아이고, 이렇게 작은 걸…" 하며 한숨을 쉬었다. 아기새 챙기는 어미새가 된 언니들이 비닐봉지와 키친타올을 가져오라고 시켰다. 키친타올을 깐 비닐봉투에 쑥튀김을 엄청 많이 넣어주었다. 받자마자 봉투 입구를 묶으니 언니가 조용히 가져가서 내가 묶은 비닐을 풀었다.

"김 빠질 때까지 열어둬. 안 그러면 습기 차서 눅눅
해져."

"네…"

나는 내가 그냥 어리바리하고 얼토당토않은 사람
이라고만 생각하는데 남들이 볼 때 나는 손이 많이 가
는 스타일인가? 모지리 캐릭터인가? 요리교실에만 오
면 이런 생각이 자꾸 든다. 근데 언니들, 너무 걱정 마
요. 저는 잘 살고 있어요.

두릅밀전병과 쑥튀김을 들고 책방으로 출근했다.
산책을 해도 요리를 배워도 나의 출근 시간에 지장을
주지 않아서 좋다. 책방에 와서 싸온 것들을 먹었다.

"와, 두릅 드릅게 부드릅다! 라임 쩐다 쩔어! 아
하하!"

두릅은 새순이라더니 정말 식감이 보통 나물과 달
랐다. 쑥튀김도 만세를 외치고 싶은 맛이다. 두릅과 쑥
을 다 집어먹고, 영업 시간 중에 간식으로 먹을 떡을 사
러 근처 떡집에 가니 사장님이 서비스라며 조각떡을 하
나 넣어준다. 다름 아닌 쑥버무리. 오늘은 쑥파티의 날
이네. 만세다, 만세. 책방에 돌아와서 한군과 복태의
'흙의 왈츠'를 틀었다. 주말 봄볕도 좋고 멜로디언 연주

{ 바 채 }
핀 식
날 이
들 후

277

소리도 좋고 책방 오픈 전 망중한을 즐겼다.

며칠 후 아침에는 미나리튀김을 해 먹었다. 해외 영화 시상식에서 여우조연상을 수상한 윤여정 배우를 축하하는 마음으로 퇴근길에 미나리를 사왔고, 마침 찬장에 부침가루가 남아 있길래 옳다구나! 쑥은 없지만 미나리로 쑥튀김을 복습해보기로 했다. 미나리 긴 줄기 중 위쪽 잎이 난 부분만 잘라내고, 부침가루를 물에 묽게 풀어서 미나리 잎 부분에 반죽물을 살짝 묻혀 기름에 튀겨냈다. 간장은 요리교실에서 배운 레시피 대로 간장에 레몬즙과 설탕을 조금 넣었다. 요리를 배운 날은 교실에서 시식을 못하니 튀김간장을 직접 만들어보지 못했다.

미나리를 튀기니 제법 눈 내린 겨울 꽃 모양새가 되었다. 그릇에 담긴 미나리튀김을 레몬간장에 찍어 한 입을 먹고 나는 그만, 환호성을 내지르고 말았다. 이거 뭐야, 너무 맛있잖아. 눈이 번쩍 뜨일 맛이야. 미나리 줄기 부분이 질겨서 가위로 잘라 먹어야 했지만 갓 튀긴 튀김도 레몬간장도 너무 맛있었다. 레몬간장을 처음 맛본 나는 길 가는 사람들을 붙잡고 "튀김 먹을 때 간장에 레몬 꼭 넣어야 해요." 말해주고 싶었다. 이 튀김은 절대 떡볶이에 찍어 먹으면 안 돼. 있는 그대로의 맛을 음미해야지. 그리고 집에 있는 비트를 갈아서 분홍색 밀전병을 부쳤다. 이번에는 잊지 않고 얇게. 이제 밀전병은 기가 막히게 잘 부친다. 오이와 당근을 감자칼로 얇게 포를 떠서 프라이팬에 살짝 가열한 뒤 밀전병으로 돌돌 말고 한번 더 라이스페이퍼로 싸서 기름에 튀겼다. 완성하면 바삭 쫄깃 담백 아삭한 애피타이저 완성. 찍어 먹을 디핑소스가 있으면 좋겠는데 집에 있던 칠리소스는 어울리지 않고 참깨드레싱을 찍어 먹어 볼까나. 배운 요리를 응용하여 한층 더 과감하게 괴식을 만들고 있다.

다음 달에는 빡빡장과 오이물김치, 들깨탕을 배운다. 빡빡장은 강된장을 사찰에서 부르는 이름이라고 한다. 와, 강된장 맛있겠다. 양배추 삶아서 강된장 얹어 먹어야지. 국수, 무침, 튀김, 부침에 이어 김치와 탕이라니, 요리에 자신감이 점점 붙어간다. 이제 누군가 나에게 취미가 뭐냐고 물으면 요리라고 대답할 것이다. 그리고 다음 달에는 친구들과 같이 신청했다. 얏호 신나! 나랑 같이 요리 배우러 다니자. 봄의 맛, 여름의 맛, 가을의 맛, 겨울의 맛, 모두 다 같이 배웁시다.

텃밭 농사도 시작했고요

    동네에 제법 넓은 공유 텃밭이 있다. 매해 이곳에서 도시농업 체험단을 모집한다고 하여 해당 날짜에 갔다가 가위바위보에 져서 텃밭을 배정받지 못했다. 그래도 넓게 펼쳐진 텃밭을 보고 온 것만으로도 가슴이 트인 것 같아서 만족했는데, 가위바위보에서 이긴 분이 연락을 주었다. 본인은 친구들과 같이 텃밭을 꾸릴 건데 원한다면 같이 해도 된다고. 얏호 신나! 나에게 5평의 텃밭이 생기다니!

    같이 땅에 비료를 주는 날 늦지 않게 목장갑을 끼고 텃밭에 도착했다. 흙을 뒤집고 퇴비를 뿌려 흙과 섞었다. 이랑을 평평하게 고르고 비가 와도 무너지지 않게 이랑의 옆면도 발로 꾹꾹 밟아주었다. 다른 이들의 작업 속도에 맞추느라 나는 무릎의 통증도 잊은 채 삽질을 열심히 했다. 흙 속에서 굵은 지렁이도 두 마리나 발견했다. 후드티 목덜미에 땀이 났다. 오랜만의 노동이었다. 배수로에 물이 빠질 수 있게 고랑의 높이에 차이를 둔다고 했고, 비료가 발효되는 데는 보름 정도 기다려야 한단다. 난 농사에 무지렁이지만 같이 하는 분들이 농사를 지어본 경험이 있다고 해서 앞으로 도움을 많이 받을 수 있을 것 같다. 이것도 행운이다.

"저는 보람이에요."

"네, 보람님?"

부를 수 있는 호칭이 있어야 하니 서로 이름이나 닉네임을 주고받았다. 나이도 성도 모르지만 몇 마디 나눈 대화로 그들도 채식인임을 알게 되었다. 무엇을 심을지 의견을 주고받으면서 이탈리안 파슬리? 앤다이브 치커리? 생소한 이름의 채소들을 또 알게 되었다. 인디언핑크나 코발트블루처럼 뭔가 재수없는 이름들인데 모양도 맛도 궁금해졌다. 요즘 대파 값이 비싸서 파테크가 유행이라는데 파도 심어야지. 딜은 요즘 SNS에 친구들이 자주 올리던 샐러드 풀때기던데 직접 길러 먹는

다니 기대된다. 근대, 부추, 상추, 쑥갓, 오이, 방울토마토, 가지, 고구마, 풋고추, 꽈리고추 모두 심는다고 한다. 5평 텃밭이 채식인들의 건강한 식량 창고가 되어주면 좋겠다.

보름 후에 모여서 씨감자와 상추, 대파 씨앗을 묻었다. 바질 씨앗은 집에서 발아를 시키려고 심지 않고 가져왔다. 파의 씨앗이 초록색이어서, 바질의 씨앗이 검은깨 같아서, 상추 씨앗은 현미를 닮아서 씨의 모양도 제각각 달라 관찰하는 재미가 있었다. 씨앗을 세는 단위가 립이라는 것도 처음 알았고 파꽃이 있는 줄도 이번에 알게 되었다. 반백 살이 다 되어가는데 이제서야 알게 되는 게 매일매일 많다. 바질 씨앗은 키친타올을 물에 흠뻑 적신 후 씨앗 50립을 그 위에 올리고 햇볕이 잘 들어오는 옥상에 두었다.

씨를 심고 보름 후에 출근길에 들러보니 텃밭 이랑에 싹이 났다. 파는 뾰족뾰족한 애들이 녹말 이쑤시개처럼 솟아나 있었다. 감자잎은 뭉텅이 뭉텅이로 자랐고, 상추는 손톱만 한 동그란 잎들이 흙을 뚫고 나와 있었다. 아직 작고 여린 싹인데 땅을 뚫고 나오는 생명력이 대단하다. 그리고 상추잎에서 너무 귀여운 포인트가 뭐냐 하면 그 작은 잎의 가장자리가 보라색을 띄고 있다는 것이다. 이렇게 째깐한 녀석이 자기도 상추라는 티를 내는 게 너무 귀여웠다. 마치 새끼 고양이의 발톱이 뾰족한 것처럼. 우리 집 셋째는 태어나는 순간부터 지켜본 고양이다. 눈도 못 뜨던 새끼 때부터 어떻게 컸는지 성장 과정을 다 알고 있는데 작은 새끼일 때 너무 귀여워서 안아보면 발톱이 너무 따가워서 놀랐다. 이 째깐한 놈이 자기도 맹수라고 티를 내는 것 같았다. 벌써 4년 전 아련한 기억이다. 우리 셋째 진짜 조그맣고 이뻤는데… 지금 저기 방석 위에서 늘어져 자고 있는 아저씨 고양이는 누구인지 궁금하다.

집 옥상에 놓아둔 바질 씨앗에도 싹이 났다. 올챙이 꼬리처럼 하얀 싹이 나왔다. 이 작은 씨앗에서 어떻게 싹이 나고 잎이 나는 걸까? 신기해서 바라보고 또 바라보고 다른 일을 하다가도 뒤돌아보고 또 돌아본다.

나에게 생명의 경이로움을 일깨워 주고 있는 이 텃밭 부지는, 지금의 모습으로는 전혀 믿어지지 않지만 원래 개도축장이었다고 한다. 쓰레기가 쌓이고 악취가 나던 개인 사유지를 2012년 서울시가 매입했고 동네 주민들이 자발적으로 힘을 모아서 흉물스럽던 폐건물을

철거하고 쓰레기를 치웠다. 4주 동안 쓰레기를 싣고 나
간 트럭이 30대, 총 30톤의 어마어마한 쓰레기가 나왔
다. 개 목줄도 수백 개가 나왔다고 하는데 오물과 악취
속에서 생명이 어떻게 살고 죽어갔을지 보지 않아도 끔
찍하다. 30년 동안 죽음의 땅으로 이용되던 곳이 한 달
만에 생명을 틔우는 텃밭으로 바뀌었다. 이 땅에서 희
망의 메시지를 본다. 너와 내가 같이 노력하면 어쩌면
지구도 생명력을 회복하는 데 그리 오랜 시간이 걸리지
않을 수 있다는 희망.

엄마에게 작은 화분과 바질 씨앗을 사다 드렸다. 엄
마가 원래 식물을 잘 키우는데 지금 베란다에는 식물
이 하나도 없다. 엄마는 손바닥만 한 화분을 보더니 가
소로운 듯 쳐다보았다. "베란다에 둬, 내가 알아서 키울
게." 한다. 식물 키우기 만렙한테 너무 작은 걸 선물했
나 싶다. 아무튼 엄마의 바질도 쑥쑥 잘 컸으면 좋겠다.
앞서 언급한 세계 장수마을의 공통점 네 번째는 소일거
리를 찾아 몸을 움직인다는 것이다. 계속 몸을 움직이
고 돌봐줘야 할 무언가가 있다면 그게 또 아침에 눈을
뜨게 하는 원동력이 되니까. 텃밭 있는 집에 살면서 엄
마랑 텃밭 농사 짓고 싶다.

흙의 나라로 갈 테야

엄마의 입원 기간 5일, 아빠의 입원 기간 11일. 간병인으로 부모님 옆을 지키는 동안 코로나19로 외출이 금지되어 난 꼼짝없이 병원 안에서만 지내야 했고 물건을 살 수 있는 곳은 지하 편의점뿐이라 작은 걸 하나 사도 부담이 되었다. 엄마 입원 때는 경황없이 갑작스럽게 병원에 들어온 바람에 슬리퍼에서부터 치약까지 사소한 것도 다 사야 했는데 돈이 아까워서 처음에 슬리퍼를 하나만 사서 엄마와 번갈아가며 신었다. 그러다가 SNS에 이런 내용을 올리며 징징대니 친구들이 편의점 기프티콘을 보내줬다. 기프티콘을 받으려고 올린 건 아니었는데 마음 써주는 친구들이 고마웠다. 어떤 친구는 내가 있는 병원을 검색해서 지하에 무슨 커피숍이 있고 무슨 빵집이 입점되어 있는지 보고 해당 기프티콘을 보내주었다. 그래서 나는 매일 하루에 한 잔씩 커피도 잘 마셨지. 슬리퍼도 샀다. 그리고 아빠가 퇴원한 날 부랴부랴 그리운 책방으로 달려가니 제주 감귤 한 박스가 도착해 있었다. 제주도 행사에서 만난 친구가 아빠 퇴원 축하 선물로 보내준 귤이었다.

제주도에 있는 지인들은 종종 제철 과일들을 보내주었는데 겨울이면 감귤, 여름엔 초당옥수수, 가을엔 레드키위를 보내줘서 과수원에서 직배송된 달콤한 과일들로 내 입이 호강을 했다. 은혜 갚을 친구들이 아주 전국적으로 많다. 아무튼 감귤을 보내준 제주도 친구가 텃밭 농사 짓는 걸 SNS를 통해 알게 되었고, 이웃들과 같이 재배한 농작물을 '언니네 텃밭' 사이트에서 정기 배송 서비스로 공급하고 있다는 것도 알게 되었다.

'언니네 텃밭'이라는 농수산물 온라인숍을 처음 들어가 보았는데 내가 찾던 식재료 매장이었다. 나는 봄나물이 뭐고 여름 채소가 뭐고 아는 게 별로 없는데 알아서 제철 식재료를 보내준다니 이렇게 좋은 맞춤 서비스가 없었다. 제철꾸러미, 1인꾸러미, 요리뚝딱꾸러미,

채식김치꾸러미 등 나한테 맞는 꾸러미를 주문하면 한 달에 2-3번 건강한 제철 식재료가 종합선물세트처럼 집으로 배달된다. 재작년 공중파 다큐 프로그램에 한 공동체의 꾸러미가 소개되어서 실시간 검색어에 올라갈 정도로 화제가 되었다고 한다. 영상을 찾아보았다. 식구들과 먹으려고 농사를 지었는데 조금만 더 심어서 도시 소비자들에게 보내면 어떨까 싶어 시작된 서비스라고 한다. 현재 총 12개의 여성 농민 공동체로 운영되고 있다.

친환경 재배로 키워야만 판매가 가능해서 제초제, 화학 비료를 안 써서 손은 더 많이 가고 생산량은 적다고 투덜대는 농부도 있고 김치를 버무리다가 말고 시골 인심이라며 VJ에게 김치를 한 입 먹이는 농부도 있고, 김장 품앗이하듯이 하루는 이 집 밭에 가서 같이 일하고, 다음 날은 저 집 밭에 가서 같이 일하기도 한다. 배송할 꾸러미를 포장하기 위해 공동작업장에 모여 일사분란하게 일하는 농부 언니들의 모습도 보기 좋다. 꾸러미를 담고, 생산자가 누구인지, 생산 방법은 어떤지, 레시피까지 프린트해서 같이 넣어준다. 월 2회 정기배송 되는 제철꾸러미를 신청하고 사이트를 천천히 둘러보았다.

나물, 버섯, 과일, 견과, 장류, 장아찌, 김치, 쌀, 콩, 깨, 차, 음료, 꿀, 잼 등 전국 각지에서 여성 농부들이 직접 재배한 건강한 토종 먹거리를 팔고 있었다. 공식 SNS에는 텃밭에서 흙 묻은 모습 그대로의 채소 사진들이 가득했다. 이쁘게 포장된 공산품이 아닌 땅에서 갓 수확한 채소 사진들. 전남 순애씨 고사리, 경남 고성 언니들의 삶은 죽순, 봉강공동체의 함께 만든 돼지감자차, 강원 화천 복자 언니의 말린 취, 다양한 로컬푸드들. 나 어릴 땐 이런 걸 '신토불이'라고 불렀다. 우리 몸에는 우리 땅에서 나는 게 좋다는 신토불이. 이 중에 '팥쥐딸기'가 눈에 띄어서 자세히 읽어보니 상품용이 아닌 모양도 크기도 제각각인 못생긴 파지 딸기를 박스째 판매하는 것이었다. 오호 요것도 주문!

며칠 후 문자가 왔다. 팥쥐딸기는 어떤 날은 모양이 이쁘고 크기가 큰 반면 어떤 날은 모양이 안 이쁘고 크기가 작은 날도 있고 익은 정도도 매일 다르다고. 제각각 다른 모양으로 생긴 것 무지 좋아합니다. 그래서 판형이 제각각인 독립출판물도 좋아하는 사람입니다, 내가. 슈퍼에서 사 먹는 건 새빨갛고 깨끗하긴 하지만 나는 못난이 딸기들이 훨씬 더 끌렸다. 기다리던 팥쥐딸기 도착. 커다란 박스를 열어 보니 별다른 포장 없이 딸기가 가득 담겨 있었다. 비닐이 전혀 없는 포장도 좋았고 무엇보다 이렇게 많은 딸기를 본 게 근래 처음이어서 신이 나기 시작했다. 플라스틱 팩에 24개 들어간 딸기들만 보다가 갑자기 이렇게 박스째 담긴 딸기를 보니 딸기 부자가 된 기분에, 이웃들에게 큰 사발을 달라고 해서 손으로 막 딸기를 수북이 담아주었다. 맛도 좋았다. 달고 싱싱했다. 그 자리에서 물에 헹궈 딸기로 두 컵이나 배를 채웠다. 오미자국수 고명도 만들고, 갈아서 주스로도 마시고 며칠간 딸기로 끼니를 때울 정도로 양껏 먹을 수 있었다. 팥쥐딸기 이후에는 못난이 참외가 올라왔다. 역시 반듯한 모양은 일반 업체에 납품하고 남은 못난 참외들이었다. 껍질째 먹어도 되는 유기농 참외라고 해서 바로 주문을 하려고 보니 품절이다. 상품을 준비할 때까지 품절이 떠 있는 것도 괜찮다. 기다리면 된다. 필요한 건 바로바로 살 수 있고 택배도 오늘 주문해서 오늘 저녁에 받아볼 수 있는 빠른 속도에 익숙한 사람이지만 느린 속도에도 맞춰 살아가는 사람이 되고 싶다. 사이트에서는 식량 주권을 지키는 여성 농민, GMO 완전표시제 시행 및 GMO 반대 캠페인, 토종 씨앗 지키기 운동도 진행 중이었다. 1만 원을 보내면 토종씨앗 3가지를 받아볼 수 있다. 내가 또 5평의 땅이 있는 사람 아닙니까. 씨앗에도 관심이 있고 하니 토종씨앗도 받아볼 생각이다.

'책방지기의 텃밭'이라고 이름 붙여서 내가 키운 농작물을 판매하고 싶다. 전문적으로 팔 수는 없겠지만 알음알음 지인들과 같이 나눠 먹으면 좋을 것 같다. 그러니까 난 책방을 하긴 할 건데 그 옆에 텃밭이 있어서 책도 계산하고 텃밭에서 채소도 기르는 사람. 책방은 책도 판매하지만 친환경 채소도 사고 식물성 식품도 살 수 있는 곳. 방문 손님을 위해 흙맛 나는 웰컴티도 대접하고. 우슬차랑 보이차 블렌딩하면 될 것 같아. 책과 함께 정기배송도 하고, 일본의 유명 서점에서 요리책과 그릇을 같이 진열해 놓고 팔듯이 난 친환경 라이프 책을 판매하면서 친환경 식재료도 같이 파는 거지. 이제 겨우 씨앗만 묻어 본 놈이 꿈도 야무진가. 한쪽 뇌에서는 늘 미래의 밥벌이 걱정을 하고 있다니까. 현실 가능성을 따져 보는 것보다 일단 모든 가능성을 열어놓고 아이디어를 이것저것 내보는 걸 좋아한다. 그리고 저쪽 동네의 고양이 집사 언니가 벌써 주문을 했다.

"보람 씨가 키우는 채소 나중에 나한테 팔아요."

이미 '책방지기의 텃밭' 비즈니스는 시작이 된 거라고 볼 수 있지. 텃밭으로 탈바꿈한 개농장의 히스토리에서 지구를 구할 수 있겠다는 희망을 보았고, 집사 언니의 주문에서 내 밥벌이에 대한 희망을 보았다. 나의 미래는 흙과 함께야. 말리지마. 난 행복을 찾아 흙의 나라로 갈 테야.

괜찮아, 걱정하지 마

최근에는 아침 6시가 되기 전에 일어난다. 미라클 모닝 챌린지는 아니고 고양이들이 이때쯤 일어나니까. 어둠 속에서 더듬더듬 안경을 찾아 쓰고 일어나서 고양이들 바깥 보라고 창문을 열어주고, 물을 갈아주고, 사료 여덟 가지도 그릇에 담아주고. 그러고는 하품을 하며 다시 눕는다. 창밖이 환해지는 동안 침대 위에 누워 한 시간을 밍기적거린다. 옅은 잠에 들기도 하고, 애들이 스크래처를 시끄럽게 긁거나 우다다 하면 일어나서 새벽에는 시끄럽게 하면 안 된다고 혼내기도 하고, SNS를 둘러보다가 연예인 가십 기사도 읽어보며 그렇게 한참 잉여 시간을 보내고 나서야 겨우 일어나 하루 일과를 시작한다. 일어나서 긴 머리를 상투 틀 듯 머리 꼭대기에 묶는다. 미용실을 안 간 지 4개월이 넘어간다. 흰머리도 많고 단발머리였던 기장이 어느새 어깨를 훌쩍넘었다. 미용실 가야지, 가야지 하면서도 안 간다. 계속 잘라줘야 하는 단발머리보다 질끈 하나로 묶을 수 있는 긴 머리가 더 편하긴 하다. 그리고 요즘은 새치 염색을 하지 않고 하얀 머리를 그대로 내보이며 살아가는 젊은이들도 많다고 하던데 나도 젊은이들 따라 해볼까 생각 중이다. 흰머리가 뾰족뾰족하게 자라는 두 달 정도의 시기만 잘 버티면 될 것 같은데 할 수 있으려나.

아침 일찍 나가야 해서 간단히 아침을 먹었다. 입고 되는 책을 택배로 받을 때 종종 그 박스 안엔 마음의 양식뿐만 아니라 몸의 양식도 부록처럼 담겨 오는데 최근에 인스턴트 오차즈케를 선물받았다. 오차즈케 채소맛. 책을 보낸 제작팀도 채식인인데 아마도 비건 식사의 하나로 오차즈케를 즐겨 먹는가 보다. 김가루와 양념 가루를 밥 위에 쏟아 놓고 뜨거운 물을 부으니 따뜻한 오차즈케가 완성됐다. 아침을 먹고 고양이들에게 오늘도 언니가 바빠서 놀아주지 못한다고 사정을 얘기하고 미안하다고 말했다. 특히 낚시놀이를 제일 좋아하는 넷째와 여섯째한테는 두 손을 모아 진심으로 미안하다고 사과했다. 여섯째는 이미 세상 실망한 표정이다. 어제도 감질나게 잠깐 놀아주고 말더니 이게 뭐냐고 따져 물을 것 같아서 무섭다. 낚시 장난감 넣어두는 신발장 근처에만 가도 졸졸 따라와 기대에 찬 눈망울로 나를 올려다보는 아이인데. 넷째에게도 뽀뽀를 하며 미안하다고 했더니 으아앙 짜증을 낸다. 발치 수술 후 며칠 기운 없이 누워 있던 넷째가 드디어 예전의 짜증쟁이로 돌아왔다. 내 손등을 할퀴려고 했지만 그래도 언니는 네가 짜증 부려서 좋아.

최근에 한 중년 남성 연예인이 반려묘는 자녀가 없는 자기에게 신이 준 선물이라며, 그동안 인간에게 받아본 적 없는 위로를 고양이한테서 받는다는 말을 했다. 어떤 팬이 자신에게 "사람이 고양이를 구조한 것 같죠? 고양이가 당신을 구조한 거예요."라는 댓글을 남겼다며 울음을 삼키며 말했다. 힘든 시기에 그에게 큰 위로가 된 반려 고양이가 있어서 다행이다. 그리고 그 댓글에 나도 공감했다. 내 곁에 있는 고양이들 덕에 버티는 순간이 많다. 나를 버티게 해줘서 고마워. 그런데 그건 그거고 오늘 일찍 나가봐야 돼. 저녁에 보자, 이쁜

이들.

　무릎 양 옆에 주머니가 달린 카고바지를 입고 집을 나섰다. 엄마의 소화기내과 정기검진 날인데 병원에 갈 때는 주머니가 많이 달린 바지를 입는다. 환자카드, 진료예약표, 환자와 보호자의 방문확인증, 이런저런 영수증, 처방전 등 챙길 게 많아서 주머니가 많은 바지를 입어야 편하다. 지난주에 채혈과 CT 촬영을 했고 이번에는 담당의를 만나 검사 결과를 들을 차례다. 담당의를 만나는 날은 늘 긴장이 된다. 간경변인 엄마가 일상생활을 무리없이 하며 잘 지내지만 장기의 속사정은 또 모르는 거니까. 담당의는 모니터를 한참 보더니 혈소판 수치가 좀 떨어졌고, 위 정맥이 부었다고 했다. 엄마가 요즘 밥을 먹으면 속이 쓰리다고 하던데 역시 위에 문제가 있었던 모양이다. 엄마의 간이 안 좋아졌다는 말에 난 혼란스러운데 앞뒤로 예약 환자가 꽉 찬 담당의의 표정과 말투에서 피로함과 무심함이 느껴져서 뭘 물어봐야 할지 몰라 머뭇거렸다. 면담 시간은 짧았고 처방약이 하나 더 늘었다.

　엄마와 병원에 가는 날은 병원 5분 거리에 있는 식당에 가서 돌솥영양밥을 먹는다. 손님 열에 아홉은 갈비탕을 먹는 식당인데 그 중간에 앉아서 돌솥영양밥을 시켰다. 엄마는 주문한 식사가 왜 이렇게 안 나오냐고 한숨을 쉰다. 병원에서 나온 후부터 엄마는 심기가 불편하다. 콩, 버섯, 호박씨가 들어간 뜨거운 돌솥밥과 된장국과 삼색나물, 상추무침을 곁들여 허기진 배를 채우니 엄마도 나도 좀 기운이 난다.

약국에 가서 엄마 약이 나오기를 기다리는 동안 약국에 가득한 사람들을 둘러봤다. 병원에도 사람이 가득하더니 약국에도 어쩌면 이렇게 사람이 많을까. 접수받는 직원이 3명, 약을 나눠주는 직원이 3명인데 하나같이 모두 너무 바삐 움직이고 있다. 왜 이렇게 아픈 사람이 많을까. 병원과 약국에 안 오고 살 수는 없을까. 가져간 천가방에 엄마 처방약을 꽉 채워서 담았다. 이 많은 약을 엄마가 계속 먹어야 할까? 이 약들이 과연 엄마를 지켜줄까? 약을 끊고 몸에 해로운 걸 제하고 건강한 식사를 하면 엄마의 병이 호전될까? 바뀐 식단이 엄마한테 맞을지 그리고 급작스러운 식단 변화를 몸이 받아들일지 내가 어떻게 확신하겠어. 의학적 지식도 병리적 이해도 하나도 없는 내가 싫다. 난 왜 의사가 아닌가. 딸내미가 아는 게 너무 없어서 미안. 엄마와 택시를 타고 집으로 돌아왔다.

"지난주에 피 뽑을 때 지혈이 잘 안 되길래 몸이 안 좋아졌구나 싶더라. 이 봐, 주사 놓은 자리에 아직도 멍이 안 가셨잖아."

채혈을 한 지 8일이 지났는데 엄마 팔뚝에 100원짜리만 한 보라색 멍이 선명하게 찍혀 있다. 간경변 증상 중 하나가 혈소판 수치가 낮다는 것이고, 혈소판 수치가 낮으면 혈액이 응고되지 않는다. 엄마는 혈소판이 정상치에 비해 5분의 1밖에 되지 않아 재작년 뇌출혈 수술 때 고생을 했다. 나는 가방에 담긴 약을 꺼내 놓고 부엌 찬장에서 부침가루를 꺼내 당근을 갈아서 노란 밀전병을 부쳤다. 음식을 만들면서 어떤 때는 이 밥이 건강이 되기를 바라고, 어떤 때는 위로가 되기를 바라며 요리를 하는데 지금은 위로이다. 노란 밀전병에 키위와 딸기를 넣고 돌돌 말아서 과일밀전병을 만들어 엄마를 드렸다.

"엄마, 혈소판 수치 다시 올라가기도 하니까 잘 먹으면 되지. 그리고 채소수프 먹을 땐 속 안 쓰리다며. 내가 앞으로 채소수프 더 맛있게 만들게요."

"그래, 좀 맛있게 만들어"

"알았어. 그리고 엄마, 엄마는 건강한 사람이니까

너무 걱정하지 마."

"엄마 괜찮아. 걱정하지 마."

엄마가 씩씩하게 괜찮다고 하니 나도 안심이 된다. 입 밖으로 표현하는 "괜찮다"에는 상상 이상의 강한 힘이 있다고 믿는다. 엄마는 뇌출혈로 쓰러진 후 골든타임을 놓쳤는데도, 혈소판이 낮아서 위험한데도 수술을 잘 마쳤다. 뇌출혈 후 장애를 겪는 경우도 많은데 엄마는 정상적으로 생활 중이다. 우리 가족 중에 정신력이 가장 강한 사람이니까 엄마는 괜찮아질 것이다. (엄마가 살아온 세월을 들어보면… 아이고야 나는 그렇게 못 산다.) 다음 주에는 아빠의 정기 진료가 있다. 아빠는 신장 수치가 높아지면 큰일인데 별일 없기를 바라고 있다. 아빠는 우리 가족 중에 체력이 가장 좋은 사람이니까 (간이 정상 이상으로 튼튼하다.) 운동을 열심히 하는 만큼 건강해졌기를 빈다. 그리고 그 사이에 우리 고양이 데리고 동물병원도 가야 한다. 이 아이는 췌장이 안 좋다. 나이가 든다는 건 병원 가는 일이 일상이 되는 건가 싶게 진료가 많다.

집에서 나와 왼쪽 귀에 블루투스 이어폰을 꽂고(아직 오른쪽 이어폰을 찾지 못했다.) 잔잔한 노래를 재생했다. 아파트 담벼락에 줄지어 있는 나무에 노란 꽃이 폈다. 아직 일교차가 큰데 봄꽃들이 더 따뜻한 봄을 재촉하는 듯하다. 계절을 품고 있는 작은 꽃들이 좋다. 길을 건너 차도를 따라 지하철역까지 걸었다. 한쪽 귀로 계속 자동차 소리가 들려서 노래에 집중할 수 없었지만 괜찮아. 1년이 지나도 마스크가 익숙하지 않고 여전히 갑갑하지만 그것도 괜찮아. 책방 오픈까지 시간 여유가 있어서 지하철역 근처에 있는 카페에 들어갔다. 우유를 두유로 바꿔 달라고 해서 소이라테를 주문했다. 이 소이라테에서 낯선 콩국 맛이 나. 하지만 그것도 괜찮아. 무엇이든 괜찮다고 말하면 안 괜찮을 게 없다. 그렇게 일상을 살아가야 한다. 누군가 요즘 어때? 물으면 엄마처럼 씩씩하게 대답해야지.

"나는 괜찮아. 걱정하지 마."

내 앞에 넘어야 할 산이 험난해 보일 때, 다가올 내일을 견딜 수 있을지 두려움이 앞설 때, 할 수 있는 일은 하나다. 괜찮다고 스스로에게 말해주는 것. 내 마음을 토닥여주고, 너무 걱정하지 말고 지금 주어진 일을 하면 된다고 마음을 다잡아주는 일. 그것 말고 할 수 있는 일이 뭐가 더 있을까. 오늘을 열심히 살면 내일은 좀 더 좋은 날이 올 거야. 문득 스님이 했던 말이 떠올랐다.

"나쁜 일이 생기는 건 나쁜 음식을 먹었기 때문이에요. 나쁜 음식엔 나쁜 기운이 담겨 있거든요."

오늘 좋은 음식을 먹으면 내일 좋은 일이 생길 거야, 하쿠나마타타! 몸도 마음도 건강하게 살아갈 수 있을 거야, 비비디바비디부! 지금 걱정하는 것 모두 다 괜찮아질 거야, 아브라카다브라! 마법 같은 주문을 흥얼거려 본다.

인생도 채식도 계속합니다

머릿속으로 텃밭이 딸린 책방, '책방지기의 텃밭' 풍경을 그려본다. 손님이 편하게 책을 둘러보고 계산을 하려고 뒷문으로 나와서 드넓게 펼쳐진 텃밭에 대고 "계산해 주세요!" 소리를 지르면 푸르른 텃밭에서 갑자기 몸을 일으켜 나타나는 책방지기. 손님에게 손을 흔들겠지. "곧 갈게요!" 배경음악처럼 산새가 울면 완벽하겠다. 행복해지는 풍경인데 어쩌면 상상 속에서만 가능한 꿈일지도 모르겠다. 왜냐하면 5평 공유 텃밭에 내가 심은 대파와 바질만 안 자라고 있기 때문이다.

난 텃밭 농사에 소질이 전혀 없는 사람일지도 모른다. 녹말 이쑤시개처럼 싹이 나왔던 대파는 시간이 지나도 조금 큰 이쑤시개가 되었을 뿐 성장하지 못했고, 그나마도 많은 부분이 흙바닥에 쓰러져서 말라갔다. 발아를 마친 바질 싹은 흙에다가 묻었는데 흙을 뚫고 나오는 놈이 없었다. 하, 안에서 새는 바가지 밖에서도 샌다는 말이 이렇게 적용이 되나 모르겠지만 책 포장을 못하는 책방의 곰손은 텃밭에서도 싹을 틔우지 못하는 곰손이었다. 같이 텃밭을 일구는 분들에게 미안하다고 했더니 이건 이 씨앗들의 운명이라며 괜찮다고 했다.

"그런데 왜 제가 심은 것들만 운명이 이 모양일까요."

나의 의문 제기에 일동은 침묵했다. 그래도 다행히 대파와 바질만 비실비실하지, 다른 분들이 심은 풀때기들은 좋은 운명을 타고나서 무성하게 잘 자랐다. 상추는 솎아도 솎아도 티도 안 날 정도로 무섭게 자랐다. 쌈채소도 감자도 파슬리도 고수도 파릇하게 잘 자라고 있다. 부드러운 상추를 따와서 집에 오자마자 물에 씻어 먹어보니 풋사과 맛이 났다.

얼마 전에 제철꾸러미 정기배송으로 받은 두부로 된장찌개를 끓였다. 요리교실에서 만든 오이물김치도 꺼냈다. 두부된장찌개에 밥을 비며 상추쌈을 해 먹었다. 제철꾸러미는 초등학교 시절 물체주머니처럼 다양한 채소들과 반찬으로 가득했다. 마늘종은 줄넘기 줄처럼 딱딱하고 두꺼운데 가위로 잘라서 간장에 졸여 마늘종간장조림을 만들었고 쎄똥과 뽕잎과 쑥갓은 튀김으로 요리해서 레몬간장을 찍어 먹었다. 반찬으로 온 열무김치는 국수를 삶아서 얹어 먹고 고추장아찌는 밥반찬으로 먹었는데 탄산음료라도 들어간 듯 톡쏘는 맛이 시원하다. 냉장고에 건강한 먹거리가 가득하다. 후식으로는 바나나를 잘라 두유요거트를 드레싱처럼 뿌려 먹을까, 동물복지 계란을 하나 삶아서 두유마요네즈를 찍어 먹을까 고민했다.

밥을 다 먹고 상추 한 봉지와 물병을 들고 책방으로 출근했다. 최근에 정수기 필터가 장착된 물병을 하나 장만했다. 수돗물을 그 물병에 받아서 집에서도 식수로 마시고 출근할 때 1리터짜리 병에 담아서 책방으로 가지고 와서 마신다. 덕분에 페트병에 담긴 생수를 덜 구매하게 되었다. 하루 권장 섭취량인 2리터까지는 힘들어도 집에서도 책방에서도 수시로 물을 마시고 있다. 들고 나온 상추는 비건 레시피 책을 산 손님에게 부록처럼 선물했다. 지혜문고 지혜 씨가 책을 추가 입고하러 왔는데 토르티야와 채 썬 피망, 고수살사소스, 후무스, 당근라페, 가지볶음 등 타코 속재료를 다양하게 만들어서 싸왔다. 미국 스타일 엄마가 독립한 딸내미 굶을까봐 반찬 해 보내듯 먹을 게 한가득이었다. 그래서 다음날 아침식사는 멕시칸 식사가 되었는데 집에서 재료 넉넉히 넣어서 타코를 만들어 먹으니 더욱 맛이 좋았다. 엄마의 손맛이 느껴져. 너무 맛있어서 계속 어깨춤을 추며 먹었다고. 나도 텃밭에서 고수를 따와서 살사소스를 만들어 봐야겠다.

텃밭에 수시로 가서 잡초를 뽑고 있다. 쑥쑥 크라는 대파는 안 자라고 잡초는 하루가 멀다 하고 금세 억세게 자란다. 잡초를 그냥 두면 다른 작물의 영양분을 빼앗기 때문에 잡초는 보이는 대로 뽑아서 흙 위에 덮어놓는다. 계속 시행착오를 겪겠지만 텃밭 공부를 열심히 해서 텃밭 딸린 책방의 꿈을 조금씩 이뤄 나가야지. 아, 이번에 기후 위기 관련 책을 읽고 책방 손님들과 독서 모임을 진행했는데 텃밭 스터디 모임도 나쁘지 않겠다. 현장 경험도 중요하지만 글로 공부할 수 있는 부분도 많을 테니까. 요즘은 더워서 겉흙이 자꾸 마르던데 흙은 마르면 마른 대로 걱정, 비가 많이 오면 많이 오는 대로 걱정이다. 장마철에 텃밭 작물들이 엉망이 되는 건 아닐지 벌써부터 걱정이다. 작년처럼 태풍이 잦으면 어떡하지. 그러다가 잦은 태풍 소식에 책방 전면창이 깨질까봐 걱정했던 작년이 떠올라서, 태풍 피해도 보상해주는 화재보험을 들었다.

초여름인데도 날씨가 무덥다. 책방 손님들이 땀을 흘리며 에어컨을 켜달라고 한다. 에어컨을 켜고 온라인으로 채수로 만든 냉면 국물을 주문했다. 더워지면 냉면 만한 별미가 없지. 냉면과 식혜, 오이냉채, 도토리묵밥, 화채, 잣콩국수 등 여름의 맛을 즐기며 무더위를 견디다 보면 나는 채식 3년차가 될 것이다. 물론 두 번 고민할 필요도 없이 계속 채식을 이어나갈 생각이다. 자연의 기운을 가득 머금으며 자라고 있는 감자를 수확하면 감자전을 해 먹고, 고추를 수확하면 고추장아찌를 만들 것이다. 한 달에 두 번씩 제철 재료가 도착하면 그건 또 어떤 맛있는 반찬이 될까. 스님한테 꾸준히 요리를 배워서 나만의 레시피도 계속 개발해야지. 어떤 채소를 알아가고 무슨 반찬을 만들 수 있게 될지 내일이 기대되는 나날이다. 다른 건 다 차치하더라도 난 나의 채식 생활이 마음에 든다. 막 해 먹는 채식인, 보람 씨의 좌충우돌 고군분투기는 3년 차에도 쭉 계속될 예정이다.

주석

1   "'동물공장'보다 '동물농장'이 더 낫지 않을까", 〈주간경향〉, 2015. 5. 19.

2   "축산동물의 피난처 생추어리, 펀딩으로 만든다", 〈경향신문〉, 2021. 5. 29.

3   두산백과(온라인), https://terms.naver.com/entry.naver?do-cId=6122757&cid=40942&categoryId=31878, (2021. 7. 15.).

4   "'동물공장'보다 '동물농장'이 더 낫지 않을까", 〈주간경향〉, 2015. 5. 19.

5   "'동물공장'보다 '동물농장'이 더 낫지 않을까", 〈주간경향〉, 2015. 5. 19.

6   "도살 직전의 동물들을 만나는 일, '비질'", 〈경향신문〉, 2021. 7. 3.

7   "축산동물의 피난처 생추어리, 펀딩으로 만든다", 〈경향신문〉, 2021. 5. 29.

8   "신이 모르게 먹어야 하는 '금기의 요리' 오르톨랑", 〈동아일보〉, 2017. 3. 29.

9   "학대받고 망쳐지는 곰 세상, 지구가 인간만의 것이던가", 〈한겨레〉, 2019. 1. 31.

10 "'슈퍼소'의 다리가 부러진 이유는?", 〈오마이뉴스〉, 2014. 5. 10.
    "치느님을 이렇게 대우해서는 안 됩니다", 동물자유연대 〈카드뉴스〉, 2016. 4. 29.

11 "고기 좋아하는 사람, 심장병 위험 46% 높다", 〈조선일보〉, 2020. 11. 3.

12 10월 세계식량의 날×공장식 축산, 동물자유연대 〈카드뉴스〉, 2018. 10. 16.

13 "기후위기 시대, 채식이 지구를 살린다", 〈경향신문〉, 2020. 10. 17.

14 9월 세계 오존층 보존의 날×농장동물, 동물자유연대 〈카드뉴스〉, 2018. 9. 17.

15 황윤,《사랑할까, 먹을까》, 한겨레출판, 2018, 319쪽.

16 그린피스, https://act.greenpeace.org/page/26391/petition/1?locale=ko-KR, (2021. 7. 15.).

17 "5년간 7200여만 마리 가축 살처분…4611억 혈세 '줄줄'", 〈뉴시스〉, 2018. 10. 26.

18 "'동물공장'보다 '동물농장'이 더 낫지 않을까", 〈주간경향〉, 2015. 5. 19.

19 "풀무원식품, '동물복지 달걀' 확대… 2028년까지 100%", 〈뉴시스〉, 2019. 4. 11.

20 "2035년 소고기 95% 사라진다…그자리 '배양육'이 대체", 〈헤럴드경제〉, 2019. 10. 7.

21 "'채식할 권리'는 내 몸이고, 내 탓인가요?", 〈한겨레〉, 2019. 12. 16.

22 "식물성 즐기는 당신, 아픈 지구를 구한다", 〈헤럴드경제〉, 2020. 9. 15.

23 한국 고기 없는 월요일, https://www.meatfreemonday.co.kr/about, (2021. 7. 15.).

24 "왕처럼 먹고도 살을 뺀다?", 〈한국경제〉, 2018. 10. 19.

25 "세종대왕이 이 병에 걸려 돌아가셨다", 〈서울경제〉, 2020. 6. 25.

26 "근육질 몸매 위해 채식만 했다는 크리스 헴스워스", 〈디스패치〉, 2018. 3. 10.

27 김영진,《건강 서적 100권 한번에 읽기》, 성안당, 2018, 135쪽.

28 "가공육·붉은 고기가 발암…과다섭취 경고", 〈SBS NEWS〉, 2015. 10. 27.

29 삼성서울병원 건강상식(온라인), https://terms.naver.com/entry.naver?docId=2843269&cid=63166&categoryId=55605, (2021. 7. 15.).

30 "야근은 2급 발암물질… 밤을 잃으면 몸도 마음도 잃어", 〈동아일보〉, 2014. 3. 27.

31 "채식주의, 건강에 문제없을까", 〈중앙일보〉, 2021. 3. 9.

32 "채식주의자, 암환자가 꼭 보충해야 하는 비타민B12", 〈뉴스한국〉, 2009. 8. 18.

33 "'채식 기본권 보장' 학교급식 늘어난다", 〈한겨레〉, 2020. 11. 24.

34   "군, 내년부터 채식주의자 · 무슬림 위한 맞춤형 식단 제공", 〈서울신문〉,
     2020. 12. 27.

35   "장 건강, 항암, 항산화, 피부 건강까지… '발효식품'의 힘", 〈조선일보〉,
     2017. 11. 9.

36   〈씨스피라시〉, 알리 타브리지, 킵 앤더슨, 2021.

37   조너선 사프란 포어, 《동물을 먹는다는 것에 대하여》, 민음사, 2011, 68쪽.

38   〈씨스피라시〉, 알리 타브리지, 킵 앤더슨, 2021.

39   삼성서울병원 건강상식(온라인), https://terms.naver.com/entry.nav-
     er?docId=2782015&cid=63166&categoryId=55605, (2021. 7. 15.).

40   마에다 히로시 외, 《최강의 야채수프2》, 문예춘추사, 2020, 71쪽.

41   "작년 실험실서 희생된 동물 '308만 마리'", 〈경향비즈〉, 2018. 4. 11.

42   "어제 내놓은 재활용품이 재활용되지 못한 이유", 〈뉴스웨이〉, 2021. 2. 13.

43   그린피스, https://www.greenpeace.org/korea/project-plastic/, (2021.
     7. 15.).

44   녹색연합, http://www.greenkorea.org/activity/living-environment/
     zerowaste/84883/, (2021. 7. 15.).

45   〈플라스틱? PLASTIC!〉, 국립중앙과학관 특별전, 2021.

46   "바다거북 뱃속 플라스틱 쓰레기 4분의 1이 한국산", 〈프레시안〉, 2019.
     7. 23.

47   "전세계 바닷새 90%가 플라스틱 먹고 있다", 〈헤럴드경제〉, 2015. 9. 3.

48   "'한반도 7배' 바다 위 '거대 쓰레기섬'…해체 시작됐다", 〈SBS NEWS〉,
     2018. 10. 17.

49   "수도권 매립지 찾기, 다시 원점…쓰레기 대란 '경고음'", 〈이투데이〉,
     2021. 4. 17.

50   "당신은 오늘 '몇 플라스틱' 하셨습니까?", 〈경향신문〉, 2021. 1. 15.

51   "대벌레 떼 습격에 "으악"…등산객 비명 울려퍼지는 서울 봉산", 〈중앙일
     보〉, 2020. 7. 18.

52   "지난해 기후위기가 불러온 경제피해 심각…탈석탄은 선택 아닌 당위적

과제", 〈그린포스트코리아〉, 2021. 1. 27.

53 "온난화와 팬데믹의 악순환…잠들었던 바이러스가 부활한다", 〈중앙일보〉, 2020. 10. 1.

54 "햄버거 한 개에 숨은 진짜 가격", 〈헤럴드경제〉, 2018. 2. 28.

55 "햄버거 한 개 먹는 데 필요한 물이 샤워 30번보다 많다고?", 〈헤럴드경제〉, 2021. 3. 19.

56 "두 달째 불타는 아마존 화재 원인이 '소고기' 때문?", 〈열린라디오 YTN〉, 2019. 9. 30.

57 〈씨스피라시〉, 알리 타브리지, 킵 앤더슨, 2021.

58 황윤, 《사랑할까, 먹을까》, 한겨레출판, 2018, 230쪽.

59 한국 고기 없는 월요일, https://www.meatfreemonday.co.kr/about, (2021. 7. 15.).

60 "죽어야 보이는 사람들 – 2021 청년 고독사 보고서", 〈KBS 시사직격〉, 2021.

61 마키타 겐지, 《식사가 잘못됐습니다》, 더난출판사, 2018, 276쪽.

고양이와 채소수프

어느 고기 애호가의 비거니즘에 대하여

초판 1쇄 인쇄 2021년 8월 30일
초판 1쇄 발행 2021년 9월 10일

지은이   이보람
발행인   박효상
편집장   김현
기획·편집 김설아 하나래
편집진행   윤정아
디자인   이지선 이연진
마케팅   이태호 이전희
관리   김태옥

종이 월드페이퍼 인쇄·제본 현문자현 | 출판등록 제10-1835호
펴낸곳 사람in | 주소 04034 서울시 마포구 양화로11길 14-10(서교동) 3F
전화 02) 338-3555(代) | 팩스 02) 338-3545 | E-mail saramin@netsgo.com
Website www.saramin.com

왼쪽주머니는 사람in의 단행본 브랜드입니다.

ISBN 978-89-6049-910-2
     978-89-6049-909-6 04810 (세트)